안토니와 클레오파트라

한국셰익스피어학회 작품총서 028

안토니와 클레오파트라
Antony and Cleopatra

윌리엄 셰익스피어 지음

송원문 옮김

도서출판 █ 동인

발간사

　지금까지 셰익스피어 작품에 대한 번역은 끊임없이 다양한 동기에 의해 진행되어 왔다. 초창기 셰익스피어 작품 번역은 일본어 번역을 우리말로 옮기는 작업이었다. 일본이 서구에 대한 수용을 활발한 번역을 통해서 시도하였기 때문에 일본어를 공부한 한국 학자들이 번역을 하는데 용이했던 까닭이었다. 하지만 이 경우는 문학적인 차원에서 서구 문학의 상징적 존재인 셰익스피어를 문학적으로 소개하는 것이 목적이어서 문어체를 바탕으로 문장의 내포된 의미를 부연하게 되어 매우 복잡하고 부자연스러운 번역이 주조를 이루었던 것이 문제가 되었다.

　그 다음 세대로서 영어에 능숙한 학자들이나 번역가들이 셰익스피어 번역에 참여하게 되었다. 셰익스피어 작품에 대한 수많은 주(note)를 참조하여 문학적 이해와 해석을 곁들인 번역은 작품의 깊이를 파악하는데 많은 도움이 되었다고 볼 수 있다. 하지만 셰익스피어 작품을 무대에 올리는 배우들에게는 또 다른 문제가 생길 수밖에 없었다. 문학적 해석을 번역에 수용하는 문장은 구어체적인 생동감을 느낄 수 없었고, 호흡이 너무 길어 배우가 대사로 처리하기에 부적합하였다.

　이런 문제점을 해결하기 위해서 번역가마다 각자 특별한 효과를 내도록 원서에서 느낄 수 있는 운율적 실험을 실시하기도 하였다. 그런 시도는 셰익스피어 번역에 새로운 분위기를 자아내었을 뿐 아니라 다양한 번역이 이루어져 나름의 의미가 있었다고 본다. 반면에 우리말을 영어식의 운율에 맞추는 식의 인위적 효과를 위해서 실험하는 것은 배우들이 대사 처리하기에 또 다른 부자연성을 느끼게 하였다.

　한국에서 셰익스피어를 연구하는 학자들이 모이는 한국셰익스피어학회에서 셰익스피어 탄생 450주년을 기념하여 셰익스피어 전작에 대한 새로운 번역을 시도하기로 하였다. 우선 이번 번역은 셰익스피어 원서를 수준 높게 이해하는 학자들이 배우들의 무대 언어에 알맞은 번역을 한다는 점에서 차별성을 두고자 한다. 또한 신세대 학자들이 대거 참여하여 우리말을 현대적 감각에 맞게 구사하여 번역을 하자는 원칙을 정하였다.

　시대가 바뀔 때마다 독자들의 언어가 달라지고 이에 부응하는 번역이 나와야 한다고 본다. 무대 위의 배우들과 현대 독자들의 언어감각에 맞는 번역이란 두 마리 토끼를 잡는 것은 그리 쉬운 일은 아니지만 매우 의미 있는 일일 것이다. 이번 한국 셰익스피어 학회가 공인하는 셰익스피어 전작 번역이 성공적으로 이루어지도록 뒷받침하는 도서출판 동인의 이성모 사장에게 심심한 감사의 뜻을 전하며 인문학의 부재의 시대에 새로운 인문학의 부활을 이루어내는 계기가 되리라 믿는다.

2014년 3월
한국셰익스피어학회 회장 박정근

옮긴이의 글

『안토니와 클레오파트라』는 셰익스피어의 다른 작품들에 비해 내겐 대단히 의미가 있는 작품이다. 1994년 완성한 「인종적 타자성」("The Racial Otherness")이란 본인의 박사학위 논문에서 비유럽 문화와 인종에 대한 타자성을 연구하는데 『안토니와 클레오파트라』는 중심적 소재가 되었던 작품이었다. 이후 대학에서 셰익스피어를 강의하면서 3년에 한 번 정도는 이 작품을 수업교재로 사용했다. 이런 연유로 이 작품을 번역하면서 그동안의 연구와 강의 활동을 다시 복기하면서 한 단어, 한 문장에 새로운 마음으로 집중할 수 있어서 좋았었다.

『안토니와 클레오파트라』는 역사적 사건을 바탕으로 만들어진 작품이면서 등장인물들도 역사성과 대중성을 가지고 있기 때문에 할리우드에서 상업영화로도 만들어졌으며 또 다양한 장르의 무대예술로도 공연이 이루어져 오고 있다. 대부분의 작품은 내용상 웅장한 스케일이나 볼거리 혹은 역사적 사건들을 흥미 위주로 재현하는 형태를 답습하고 있다. 또한 클레오파트라란 인물에 대해 서양의 시각으로 정형화된 성격을 그대로 따르는 모습을 보여줌으로써 작품이나 역사적 사실이 가진 이면의 내용을 소홀히 하는 경향이 자주 있었다.

『안토니와 클레오파트라』는 서양과 동양의 문화적 충돌과 재현에 개입된 힘의 논리를 설명하는데 있어서 대단히 유용한 작품이다. 클레오파트라에서 나비부인에 이르기까지 오랜 세월이 흘렀지만 서양 중심의 동양에 대한 재현과 문화적 태도는 별반 변한 것이 없어 보인다. 『안토니와 클레오파트라』를 번역하면서 역자는 번역에 그러한 문화적 가치나 저항을 반영할 수는 없지만 최소한 이 작품이 그만 읽혀지거나, 있는 그대로의 의미로 비판 없이 받아들여져서는 안 된다는 생각을 가지고 번역작업에 임했다. 어쩌면 이 작품은 동양의 시각으로, 아니면 우리의 시각으로 다르게 해석되고 연출될 수 있는 여지가 풍부한 작품일 수 있다. 클레오파트라는 원래의 모습이 아니라 서양에 의해서 의도를 가지고 재현된 인물이라는 관점을 충분히 무대 위에서 연출해 보일 수 있다는 생각이다.

『안토니와 클레오파트라』를 번역하면서 역자는 이 작업이 오늘날처럼 문화적 가치관의 확립이 필요한 시기에 분명히 필요한 일이기도 하지만, 우리가 속한 시대로부터 체계적으로 소외당하고 있는 일을 하는 것이 아닌가하는 의구심이 들기도 했다. 이 번역 작품을 누가 읽을 것이고, 또 그 읽기를 통해서 무엇을 얻어낼 것인가에 대해 불안과 의심을 지울 수가 없다. 물론 이 모든 것 또한 작가나 역자의 영역 밖이라는 것을 알고 있다. 이제 한국의 대학에서도 영문학과 셰익스피어를 외면하는 것이 점점 노골화되어가는 시점에 이 작품의 변역에 매달리면서 역자는 깊은 밤 홀로 느끼는 고독한 문화적 반역의 감성에 취한다. 읽혀지지 않을 수 있고, 시대가 원치 않을 수 있는 작품을 번역하는 일은 오히려 번역자에겐 순수한 소명의식과 지금 하고 있는 작업의 의미가 더욱 뚜렷해지기도 한다.

최근에 대학 사회에서 진행되는 인문학에 대한 구조조정과 홀대는 그간의 인문학이란 존재가치 자체를 부정하는 수준으로 비친다. 이런 상황에 단어의 의미와 음절의 숫자와 리듬을 고려하면서 홀로 깊은 밤 번역에 빠져 있으면, 현실이 어떠하든 자신이 믿는 세계가 주는 행복함에 빠진 기분을 맛보았다. 『안토니와 클레오파트라』를 번역하는 동안 스티븐 그린블랫(Stephen Greenblatt)의 *How the World Became Modern*(이혜원 역 『1417년, 근대의 탄생』이란 제목으로 번역판이 2013년 출판되었음)을 읽었다. 그린블렛은 이 책에서 15세기 중세말의 그리스-로마 고전 서적 사냥꾼 포조 브라촐리니의 행적과 근대(the Early Modern)의 탄생을 다루고 있다. 포조가 중세 기독교 문화가 금기한 그리스-로마의 인문주의자들의 저서를 필사한 것과 같이, 역자 자신도 이 시대가 외면하는 인문학의 상징과도 같은 셰익스피어의 작품을 우리말로 번역하고 있다는데서 묘한 공통점을 느꼈다. 다만 포조가 발굴하고 보존하고자 했던 것이 새로운 시대를 여는 혁명적인 사상이었다면, 역자는 시대가 외면하고자 하는 스러져가는 것을 지키고자하는데 차이가 있다.

『안토니와 클레오파트라』를 번역하면서 역자는 누군가에게 이 작품이 어떤 의미가 될 것이라는 생각으로 시작했으나, 정작 그 수혜자는 역자 자신이 되어가고 있다는 것을 느낀다. 가끔씩 버리는 것이 당연하다고 여겼던 것을 이 작품을 번역하면서 버려서는 안 된다는 확신이 들었다. 수요라는 것은 시류에 영합하는 것이고, 시류는 언제든 바뀔 수 있는 것이기에, 인생을 바쳐서 이 길을 걷은 사람들은 시류와 상관없이 소임을 다 하면 그만이라는 생각으로 이 작품을 번역했다. 그리고 행복했다.

2016년 7월
송원문

| 차례 |

등장인물

안토니	로마 집정관
클레오파트라	이집트의 여왕
옥타비어스 시저	로마 집정관
옥타비아	옥타비어스 시저의 누이동생, 안토니의 4번째 아내가 됨
레피더스	로마 집정관
이노바버스	도미티우스 이노바버스, 안토니의 친구이자 부하
벤티디어스	
실리어스	
에로스	
카니디어스	안토니의 친구이자 부하
스카러스	
데크레타스	
디미트리어스	
필로	
교사	시저에게 보낸 안토니의 대사
차미안	클레오파트라 궁정의 시녀
이라스	클레오파트라 궁정의 시녀
알렉사스	클레오파트라의 시종
마디안	클레오파트라 궁정의 내시
실러커스	클레오파트라의 재정담당자
디오메데스	클레오파트라 궁정의 시종

매시나스
아그리파
타우러스
티디아스   시저의 지지자
돌라벨라
갤러스
프로쿨레이어스

섹스터스 폼페이   로마 집정관
메나스
메네크라테스   폼페이의 지지자
바리어스

전령들
군인들
보초병들
근위병들
점술가
시종들

1막

1장

디미트리어스와 필로가 입장한다.

필로 아니야, 이번에 우리 장군의 노망[1]은

도를 넘은 것이야. 그분의 훌륭한 두 눈은,

전쟁의 만사에 대해

무장한 마르스[2]처럼 빛났었지만, 지금은 축 처져, 변해버렸구나

5   눈앞에 닥친 임무와 헌신은

암흑 속에서 보이지도 않는구나. 대단한 전쟁의

소용돌이에서 갑옷의 잠금 쇠를 터지게 했던

장군의 심장은 모든 분별력을 잃고,

이제 풀무나 부채가 되어

10   집시 년의 욕정이나 식혀주는구나.

화려한 음악소리. 안토니, 클레오파트라, 시녀들, 수행원,
내시들이 클레오파트라에게 부채질을 하면서 입장

보시오, 저분들이 오는 곳을.

주의해서 보기만 하면, 장군에게서 그런 조짐을 볼 것이오.

---

1. dotage: 클레오파트라에 대한 안토니의 부적절한 태도를 폄하는 말로 작품 전반에
   걸쳐 사용된다.
2. Mars: 로마의 전쟁의 신

세상을 떠받치는 세 기둥들 중 하나가 창녀의

어릿광대로 변해버렸구려. 자, 보시오.

클레오파트라 정말로 그게 사랑이라면, 얼마나 사랑하시는지 말씀해주세요. 15

안토니 쉽게 말로 요약될 수 있는 사랑은 하찮은 것이라오.

클레오파트라 당신의 사랑을 얼마나 받을 수 있는지 그 한계를 알고

싶네요.

안토니 그렇다면 새로운 하늘과 땅을 찾아야 할 거요.

사자 등장

사자 로마에서 온 소식입니다, 장군님. 20

안토니 나를 귀찮게 하는구나, 짧게 요점만.

클레오파트라 아니죠, 소식을 들어보세요, 안토니.

아마 풀비아[3]가 화가 났거나, 아니면 누가 알아요,

수염도 채 나지 않은 시저가 당신께

강력한 명령을 보내지나 않았는지, "이래라 저래라, 25

저 왕국을 점령하고, 저건 해방시키고,

명령을 수행하라, 아니면 죄를 묻겠노라"하면서.

안토니 어찌 이러시오?

클레오파트라 가능하죠! 아니, 그럴 가능성이 더 크죠,

---

3. Fulvia: c. 83 B.C-40 B.C 로마 공화정 말기의 인물로 당시 공화정의 유력한 인물이
    었던 퍼블리어스 클로디어스 풀처(Publius Cloudius Pulcher), 가아어스 스크리보니
    어스 큐리오(Gaius Scribonius Curio), 마크 안토니(Marcus Antonius)와 차례로 결혼
    해서 권력을 쌓았다.

30 당신은 여기에 더 이상 머물러선 안 돼요, 소한명령이

시저에게서 왔어요, 그러니 들어보세요, 안토니.

풀비아의 전령들이 어디 있나요? 아니면 시저의 전령이라고

해야 하나? 두 사람 모두의?

전령을 불러들이세요. 내가 진정으로 이집트의 여왕이듯이,

35 얼굴을 붉히는군요. 안토니, 그러면 당신의 그 피가

시저에 대한 충성이군요. 날카로운 목소리로 풀비아가 힐책할 때,

당신의 뺨이 그렇게 수치를 드러내다니. 전령들을 부르세요!

안토니 로마 따위는 타이버[4] 강에 녹아버리라지, 방대한 제국의

넓은 아치는 무너져버려라! 여기가 나의 영토야.

40 왕국이란 흙더미일 뿐이고, 더러운 땅덩어리가

인간에게 그러는 것처럼 짐승도 먹이는구나. 삶의 고결함이란

이렇게 행동하는 것이오, 이렇게 천상배필인 남녀가,

껴안으며

바로 이런 두 사람이라야 할 수 있는 것이지, 이렇게 붙어서,

형벌의 고통에도, 온 세상에 맞서서

45 우리는 비할 데 없는 한 쌍이야.

클레오파트라 대단한 거짓말이군요!

당신은 풀비아와 왜 결혼했어요, 단지 배신하려고?

내가 좀 더 바보가 되겠어요, 안토니

---

4. Tiber: "티베르"라고 번역되기도 한다. 이태리에서 세 번째로 긴 강으로 로마를 거쳐서 지중해로 흘러들어간다.

앞으로 당신도 자신의 본모습을 찾겠지요.

안토니 하지만 클레오파트라 당신이 내 마음을 흔들어 놓는구려.   50

이제, 사랑의 여신의 사랑과 즐거운 시간을 위해,

거슬리는 논쟁으로 일을 망치지 맙시다.

우리 삶의 한 순간도 흘려보내서는 안돼요

지금과 같은 즐거움이 없이는. 오늘밤의 재미거리는 뭐요?

클레오파트라 사신들의 말을 들어보세요.   55

안토니 이런, 입씨름에 도가 튼 여왕이야!

모든 일에도 다 어울리지, 꾸짖는 것도, 웃는 것도,

우는 것도, 당신의 모든 감정은 그 자체로

최고로 아름답고 경탄하게 만드는구려!

당신 말고는 어떤 사자도 싫소, 그리고 우리 둘만   60

오늘밤 거리를 거닐면서

사람구경을 할 것이오. 자, 나의 여왕이시여,

어젯밤에 그걸 원하지 않았소.

사자에게

우리에게 아무 말도 하지마라.

안토니와 클레오파트라가 시종들을 거느리고 퇴장한다.

디미트리어스 안토니 장군이 시저를 그렇게 하찮게 취급하시나?   65

필로 가끔씩 장군께선 제정신이 아니실 땐,

지니고 계시리라 기대되는

그 위대한 본성을 너무도 망각하죠.

디미트리어스 정말 유감이야

장군께서 로마에서 장군에 대해 떠들고 있는

그 흔한 소문들을 확인시켜 주는 꼴이라니, 하지만

내일은 좀 나아지리라 기대하오. 즐겁게 쉬시길!

퇴장

2장

같은 장소. 다른 방.

차미안, 이라스, 알렉사스, 점술가 입장.

차미안 알렉사스, 상냥하신 알렉사스, 모든 것에 최고인 알렉사스,

놀라우신 알렉사스, 그 점술사는 어디 있나요,

여왕에게 당신이 그렇게 칭찬하셨던? 오, 전 단지 이 남편이란

작자를 알고 싶어요, 당신 말로는 바람둥이 뿔을 화환으로

장식한다는 그 놈 말이요.   5

알렉사스 점술사!

점술사 뭘 원하십니까?

차미안 이 사람입니까? 당신이 온갖 일들을 다 안다는 그 사람?

점술사 자연의 무한한 비밀에 대해

제가 조금은 알죠.   10

알렉사스 [차미안에게] 저 사람에게 손을 좀 보여줘 봐요.

이노바버스 입장

이노바버스 만찬을 빨리 들여라, 술도 충분히,

클레오파트라 여왕께 건배를 드려야 하니까.

차미안 자, 제게 좋은 운명을 말해 봐요.   15

점술사 전 운명을 만들 수는 없고, 그저 볼 뿐이죠.

차미안 그렇다면 내 운명을 봐 봐요, 제발.

점술사 당신은 지금보다 훨씬 더 매력적으로 될 겁니다.

차미안 외모를 말하는 것이야.

20 **이라스** 아냐, 넌 늙었을 때 화장을 하게 될 것이야.

차미안 주름살이 잡히지 않길!

알렉사스 그 사람의 예언을 방해하지 말고, 집중해봐.

차미안 쉿!

점술사 당신은 사랑을 받는 것보다 더 사랑하게 될 거요.

25 **차미안** 차라리 술을 마셔서 간이나 뜨끈하게 하겠소.

알렉사스 아니지, 말을 들어봐요.

차미안 좋아, 그러면 최고의 운명을 말해 봐요! 내가 오전 중에

세 명의 왕과 결혼한 후, 모두와 사별하고 과부가 되게 하든지.

오십에 아이를 가지고, 유대 헤롯왕[5]이 그 아이에게

30 신하의 예를 표하게 하거나, 내가 옥타비어스 시저와

결혼해서 여왕님과 같은 신분이 되는 운을 찾으시오.

점술사 당신이 모시는 여왕보다 오래 살 것이오.

차미안 어머, 아주 좋아요! 난 무화과보다 장수하는 게 더 좋아.

35 **점술사** 다가오는 운보다

이전의 운이 훨씬 더 좋다는 걸 이미 보고 알았을 것이오.

차미안 그렇다면 내 아이들은 이름이 없을 것 같군.

내가 몇 명의 사내아이와 계집아이를 갖게 되겠소?

---

5. Herod of Jewry: 기원전 37년에서 기원전 4년까지 유대의 왕.

점술사 만약 당신의 모든 소망이 자궁을 가지고 있다 치면, 40

그 모든 소망들이 새끼를 쳐댔을 거요, 백만 명이나.

차미안 꺼져라, 바보야! 네 놈이 마법사니까 용서한다.

알렉사스 네 이부자리 말고는 아무도 네 소망을 모른다고 넌 여기지.

차미안 아니지, 자 그러면 이라스의 운명을 말해봐. 45

알렉사스 우린 모두 자신들의 운명을 알게 되겠지.

이노바버스 오늘밤 내 운명과 우리 모두의 운명은

술에 취해 뻗어버리는 것이지.

이라스 다른 게 없다면 순결을 예언하는 손금이 있어요. 50

차미안 같은 방식으로 나일 강의 범람이 기근을 예언하듯이.

이라스 가라니까, 엉뚱한 년 같으니, 넌 예언을 할 수가 없어.

차미안 아니지, 만약 기름진 손바닥이 자식이 많을 징조가

아니라면, 난 내 귀도 못 긁어. 제발 55

저년에게 평범하고 일상적인 운세나 말해 주시게.

점술사 두 분의 운명은 모두 똑같습니다.

이라스 하지만 어떻게, 어떻게 그렇지? 구체적으로 말해 봐요.

점술사 말했잖습니까.

이라스 저년보다 내가 조금이라도 더 운이 좋지 않단 말인가요? 60

차미안 자, 만약 네가 나보다 겨우 조금 더 운이 좋다고 해도,

어디서 그 운을 가질 거야?

이라스 남편의 코는 아닐 것이야.

차미안 하늘이시여 우리의 나쁜 생각을 용서하시길! 알렉사스, 오세요,

이 사람의 운명을 말해 보세요, 운명을! 오, 이 남자가 석녀와 65

결혼하게 하소서, 친절하신 아이시스[6]여, 간청하노니!

그 마누라마저 죽고, 더 못한 아내를 저 놈에게 주소서, 그리고

갈수록 더 못해지게 하소서, 최악의 여자가 오십 번이나 서방질을

당한 저놈의 무덤에다 대고 웃으면서 저 놈을 따르게 하소서!

70 아이시스 신이여, 제 기도를 들으소서! 비록 제게 더 중요한

뭔가를 주시지 않을 지라도, 아이시스 신이여, 간청합니다!

이라스 아멘, 사랑스런 여신이여, 사람들의 기도를 들으소서!

행실 나쁜 여편네를 얻은 잘난 남자를 보는 게 딱하기도 하지만,

지지리 못난 놈이 여편네에게 바람맞지 않는 걸 보는 것도

75 무척이나 슬픈 노릇이죠, 그러니 아이시스 신이여,

예법을 지키시고, 저 놈에겐 처지에 걸맞은 운을 내리소서!

차미안 아멘

알렉사스 보시오, 자, 만약 저년들이 나를 여편네 서방질에 당할

놈으로 만들 수 있다면, 저년들은 기꺼이 창녀라도 될 거야,

80 저것들은 확실히 그럴 거야!

이노바버스 조용히! 안토니 장군께서 오신다.

차미안 장군이 아니라 여왕님이십니다.

클레오파트라 입장

클레오파트라 장군님을 봤나요?

이노바버스 아닙니다, 여왕님.

---

6. Isis: 아이시스는 이집트의 여신으로 오시리스(Osiris)의 아내이면서 호러스(Horus)의
어머니가 된다.

클레오파트라 여기에 안 계셨나?　　　　　　　　　　　　　85

차미안 안 계셨습니다, 여왕님.

클레오파트라 재미에 들뜬 분위기였는데, 그런데 갑자기

　　　심각한 생각이 장군께 들었어. 이노바버스!

이노바버스 여왕님?

클레오파트라 장군님을 찾아서, 여기로 모시고 오세요.

　　　알렉사스는 어딨나?　　　　　　　　　　　　　　90

알렉사스 여기 대령해 있습니다. 장군님께서 오시고 계십니다.

클레오파트라 장군과 마주하고 싶지 않다, 자 모두 가자.

퇴장

사자와 시종을 거느리고 안토니 입장

사자 장군의 아내이신 풀비아께서 먼저 전쟁을 시작하셨습니다.

안토니 내 동생 루시우스에 대항해서?

사자 예,　　　　　　　　　　　　　　　　　　　95

　　　하지만 그 전쟁은 곧 끝났고, 바뀐 형편으로 인해

　　　그 두 분은 친구가 되어서, 시저에 대항해서 힘을 합쳤지요.

　　　그 전쟁에서 시저의 뛰어난 군대가 첫 전투에서

　　　그분들을 물리쳐서 이태리에서 몰아내 버렸죠.　　　100

안토니 그러면, 뭐가 더 나쁜 소식이겠느냐?

사자 나쁜 소식의 특징은 그것을 전한 사람에게 나쁜 영향을 주죠.[7]

---

7. The nature of bad news infects the teller: 셰익스피어의 극중에서 나쁜 소식을 전

안토니 그건 바보나 겁쟁이의 경우일 때다. 계속해라.

난 지난 일에 연연하지 않는다. 그건 이와 같다.

105 누구든 진실을 내게 말하면, 비록 나쁜 소식을 가져오더라도,

난 그게 내게 아부하는 소리인양 듣겠다.

사자 이건 좀 어려운 소식입니다.

라비어누스[8]께서 페르시아 군대를 동원해서

유프라테스 강에서 아시아까지 영토를 넓히셨습니다.

110 그분의 정복의 깃발은 시리아로부터 리디아, 그리고

이오니아까지 펄럭였습니다. 반면에. . . .

안토니 안토니는, 넌 그렇게 말하려는 게지, ...

사자 오, 장군님!

115 **안토니** 솔직하게 내게 말해라, 애매한 말로 점잖게 말고.

로마에서 부르는 것처럼 클레오파트라를 언급해 보거라.

계속해서 풀비아를 칭송하고, 내 잘못을 조롱해라

진실과 원한이 가진 말하는 힘처럼 그런

완전한 자유를 가지고, 오, 그러면 우리는 화를 낼 것이다,

120 우리의 영리한 마음이 활동을 멈출 때, 우린 우리의 잘못들을

듣게 되지. 잠시 후에 보자.

사자 그렇게 하겠습니다.

퇴장

한 사자는 종종 그 책임과 비난을 받게 된다는 것을 의미한다.

8. Labienus: 공화정 말기에 활동했던 로마의 직업군인으로 줄러어스 시저의 부관으로 잘 알려져 있다.

안토니 시씨온[9]에서 온 소식은! 소식 말이다! 거기서 말해라!

시종 1 시씨온에서 오신 분, 그런 사람이 있소?　　　　　　　　125

시종 2 그 사람은 장군께서 말씀하신대로 대기하고 있습니다.

안토니 이리 들라고 해라.

난 이 강력한 이집트의 사슬을 끊어야 해,

안 그러면 어리석은 짓에 내 본정신을 잃게 돼.

다른 사자 입장

넌 뭐냐?　　　　　　　　130

사자 2 장군님의 아내이신 풀비아 님께서 돌아가셨습니다.

안토니 어디서 숨을 거두셨느냐?

사자 2 시씨온에서.

얼마나 오래 앓으셨는지, 그리고 장군께서 아셔야 할

다른 보다 심각한 사안들은 여기에 적혀있습니다.　　　　　135

편지를 준다.

안토니 혼자 있게 해다오.

사자 2 퇴장

이제 위대한 영혼 하나가 갔구나! 이러길 원했는데.

종종 우리가 경멸해서 내던진 것을,

---

9. Sicyon: 고대 그리스의 도시.

다시 그것을 자신에게 원하지, 지금의 즐거움도
형편이 바뀌면서 점차 잦아들다, 정반대의 것이
되지. 가게 되니 그 여자는 좋은 사람이었어.
그녀를 밀쳐냈던 그 손으로 다시 끌어오고 싶구나.
이 마법을 부리는 여왕으로부터 벗어나야 해.
내 나태함이 내가 알고 있는 나쁜 일들 이상의

모든 해악들을 잉태할 것이다. 웬일이야! 이노바버스!

이노바버스 다시 입장

이노바버스 무슨 일이십니까, 장군?

안토니 여기를 빨리 떠나야만 한다.

이노바버스 그러시면 우리는 모든 여자들을 죽이는 셈입니다.
어떤 냉대도 여자들이 어떻게 받아들이는지 알지요,

만약 이별의 고통을 겪으면, 그 여자들은 죽어버릴 겁니다.

안토니 난 반드시 떠날 것이다.

이노바버스 만약 그럴 수밖에 없는 경우라면, 여자들을 죽게 두죠,
아무것도 아닌 일로 버리는 건 안타까운 일이죠, 비록
대의와 비교하자면 여자들은 아무것도 아닌 게 되지만.

이 소식의 한 조각만이라도 듣는다면 클레오파트라는
바로 죽을 겁니다. 저는 이보다 훨씬 못한 이유 때문에
죽는 모습을 스무 번이나 봤습니다. 제 생각에 여왕은
죽는데 소질이 있고, 그게 여왕께 교태를 부려서,

죽는데 그렇게 유명하신 모양입니다.

안토니 그 여자는 남자의 생각을 앞설 정도로 교활하다.

알렉사스 퇴장

이노바버스 불행히도, 장군님, 그렇지 않습니다. 여왕님의 열정은 단지
　　　　　　가장 순수한 사랑으로 만들어져 있죠. 우린 여왕의 한숨과
　　　　　　눈물을 단지 바람과 물이라 부를 순 없습니다. 그건 달력도
　　　　　　예측할 수 없는 훨씬 거대한 폭풍과 태풍이죠. 이건 여왕이　　　165
　　　　　　교활해서가 아닙니다, 만약 그렇다면, 여왕은
　　　　　　조브 신과 마찬가지로 폭우를 만들 겁니다.

안토니 차라리 그 여자를 만나지 않았더라면.

이노바버스 오, 그랬다면 장군님은 놀라운 걸작 하나를 못 보셨을 겁니다.
　　　　　　그런 축복을 받지 못했다는 것은　　　170
　　　　　　장군님의 여행에 수치가 될 것입니다.

안토니 풀비아가 죽었어.

이노바버스 장군님?

안토니 풀비아가 죽었단 말이야.

이노바버스 풀비아 님이요?　　　175

안토니 죽어버렸어.

이노바버스 그러면 장군님, 신들에게 감사의 제사를 드리세요.
　　　　　　한 남자에게서 아내를 앗아간다는 것이 신들을 기쁘게 할 때,
　　　　　　그게 세상의 재봉사와 같다는 것을 인간들에게 보여주는 것이죠.
　　　　　　이것으로 사람들을 위로해 주는 것인데, 즉 오래된 외투가　　　180
　　　　　　낡았을 때, 새로 지은 게 있는 거죠. 만약 풀비아 님 말고는

더 이상 다른 여자가 없다면, 그렇다면 장군께선 사실상
상처를 입은 것이고,
우린 비통해 하죠. 대신에 이 슬픔은 위안이라는 관을
쓰고 있어서, 장군의 낡은 속옷이 이제 새 속옷으로 바뀔 수
185 있는 것입니다. 사실 양파 하나에 이 슬픔에 흘린 충분한
눈물이 들어 있지요.

안토니 풀비아가 정치적으로 벌여 놓은 사업은
내가 없으면 감당이 안 돼.

이노바버스 그리고 여기서 벌여 놓은 장군님의 사업도 장군이 없으면
190 안되죠, 특히 클레오파트라와의 일은 전적으로
장군님이 계셔야 해결됩니다.

안토니 장난스런 대답은 그만해라. 장교들에게
우리가 하려고 하는 바를 알려라. 난 여왕에게
우리에게 요구된 행동에 대한 소식을 털어놓고,
195 떠나는데 대한 양해를 구하겠다. 왜냐하면 이 일은
풀비아의 죽음뿐만 아니라, 좀 더 시급한 이유로,
우리들을 강하게 획책하고 있듯이,
로마의 많은 친구들의 편지가 우리의 귀국을
종용하고 있어. 섹스터스 폼페이는
200 시저에게 도전장을 냈고, 해상제국을
호령하고 있어. 공덕이 지난 일이 될 때까지
사랑받아 마땅한 사람에겐 절대로 사랑을 주지 않는
우리의 변덕스런 국민들이 위대한 폼페이와

그의 권위를 그의 아들에게 던지기 시작했어.

명성과 힘이 그의 혈통이나 현재 모습보다

더 높아진 그가 일반 병사들을 위해 궐기했어.

그의 이런 기질이 계속되면

세상의 경계가 위험해질 수 있어. 타고난 게 그래,

말갈기처럼 여전히 살아 있기는 하나,

뱀처럼 독은 없어. 말해라, 우리 휘하의 장병들에게

우리가 원하는 것은 빨리 여기를 떠나는 것이라고.

이노바버스 그렇게 하겠습니다.

퇴장

3장

같은 장소. 다른 방

클레오파트라, 차미안, 이라스, 알렉사스 입장

클레오파트라 장군은 어디 계시냐?
차미안 최근엔 보지 못했습니다.

알렉사스에게

클레오파트라 어디 계신지, 누구하고 있는지, 뭘 하시는지 알아 보거라.
내가 널 보내지 않은 것처럼 해라. 만약 슬픈 기색이면,
5   내가 춤추고 있다고 말하고, 즐거워하시거든,
내가 갑자기 병이 낫다고 말해라. 서둘러서 돌아와라.

알렉사스 퇴장

차미안 여왕님, 장군님을 끔찍이 사랑하신다면,
장군의 마음과 애정을 억지로 끌어내기 위해
이런 방법을 쓰지 않으셔야 합니다.
10   **클레오파트라** 안 그러면 내가 어떻게 해야 하지?
차미안 그분이 원하시는 모든 걸 드리세요,

어떤 것도 그분을 거스르지 마세요.

클레오파트라 넌 바보처럼 가르치는구나, 그게 그 사람을 잃는 방법이야.

차미안 장군을 너무 조종하려 하지마시고, 자제하시길 바랍니다.

우리는 때론 우리가 종종 두려워하는 것을 미워하게 됩니다.

그런데, 여기 안토니 장군께서 오십니다.   15

안토니 입장

클레오파트라 전 몸이 아프고 기분이 좋지 않아요.

안토니 내가 해야 할 일을 대놓고 말하게 되어서 미안하오.

클레오파트라 날 좀 가게 도와다오, 차미안, 쓰러지겠어.

이렇게는 못 버티겠어, 자연의 법칙이

이 몸을 지탱할 수 없게 하는구나.   20

안토니 자, 내 사랑하는 왕비여, . . .

클레오파트라 제발, 제게서 물러나 계세요.

안토니 무슨 일이오?

클레오파트라 척보면 알죠, 좋은 소식이 있군요.

결혼한 그 여자가 뭐라고 합니까? 가셔야겠지요.   25

그 여자가 애초에 당신이 여기 오지 말도록 했으면 좋았을걸.

내가 당신을 여기 붙들어 두고 있다고 그 여자가 말하지 말길

빌어요.

전 당신에 대해 아무런 힘이 없어요, 당신은 그 여자 것이니까요.

안토니 신들이 잘 알아요, . . .

클레오파트라 오, 그렇게 심하게 배신당한   30

여왕은 없었어요! 그러나 처음부터

배신이 뿌리내린 걸 알았어요.

안토니 클레오파트라, . . .

클레오파트라 어째서 당신이 내 것이 되어 충실할 수 있다고 내가 생각

해야 하죠,

35 　모든 신들에 걸고 당신이 맹세한다손 치더라도,

풀비아를 배신했던 당신 아닌가요? 과격한 광기였어,

입으로만 맹세하는 작자와 엮이다니,

맹세를 하면서도 그 맹세를 어기지!

40 **안토니** 사랑스런 여왕, . . .

클레오파트라 아니죠, 제발, 떠나는 허락을 구하지는 마세요,

그냥 작별인사하고 가세요. 당신에게 머물라고 보챘을 땐,

언약의 시간이었고, 그땐 안 떠나실 거라고,

우리의 입술과 눈엔 영원함이 있었고,

45 　얼굴엔 완전한 행복이 있었죠, 우리의 신체 그 어느 부분도

성스럽지 않은 곳이 없었죠, 지금도 마찬가지에요,

아니면, 이 세상에서 가장 위대한 군인인 당신이

최고의 거짓말쟁이가 되었든지.

안토니 왜 그러오, 여왕!

50 **클레오파트라** 나도 당신만큼 키가 크고 강했으면 좋겠어요, 이집트에도

용기가 있다는 걸 당신이 알 수 있게.

안토니 내 말을 들으세요, 여왕.

중대한 시기의 필요성이 한동안 우리의 봉사를

원하고 있소, 하지만 내 마음 전부는
당신께 남겨 두겠소. 우리의 이태리가   55
내전으로 멍들고 있소. 섹스터스 폼페이가
로마의 항구로 접근해 오고 있소.
본국의 두 세력이 팽팽해서 새로운 분쟁이 일어났소.
미움을 받던 자가 이제 더 강해져서, 지금은 사랑을
받게 되었소. 저 비난받던 폼페이가   60
자신의 아버지의 영예에 기대어, 지금의 상황에
불만을 가진 자들의 마음속으로 파고들고
있고, 그런 놈들의 수가 위협적이게 되었소,
그리고 평화가 지겨운 놈들이 어떤 절실한 변화를
위해서 폭력을 시작할 것이오,   65
그리고 가장 중요한 이유는, 당신이
나를 안심하고 보내줘야 하는 가장 큰 이유는
풀비아가 죽었다는 것이오.

클레오파트라 점점 늙어가면서 바보처럼 되어가긴 하지만,
유치하진 않아요. 풀비아가 죽다니요?   70

안토니 그 여잔 죽었어요, 여왕.
여기를 보시오, 그리고 시간이 날 때 그 여자가 일으킨
소동을 읽어보시오, 특히 말미에
어디서 언제 그 여자가 죽었는지 보시오.

클레오파트라 오, 참으로 거짓된 사랑이야!   75
슬픈 물로 채워줘야 할 신성한 물 약병은

어디 있을까? 이제야 알겠어, 내가 알겠어,

풀비아의 죽음을 보면 내 죽음을 당신이 어떻게 받아드릴지.

안토니 더 이상 말다툼 하지 말고, 대신에 내가 품은 계획을

80 알 준비나 하시오. 그걸 계속하든지 그만 두든 지는

당신이 내게 줄 충고에 달려 있소. 나일 강의 진흙을

움직이는 힘에 두고 맹세하지만, 난 여기서 당신의

군인으로, 하인으로 출정하오, 당신이 원하시는 대로

화해를 하던 전쟁을 하던 할 것이오.

85 **클레오파트라** 이 끈을 끊어다오, 차미안, 이리 와,

아니다 그대로 둬. 난 금방 아팠다 좋아졌다 하는구나,

안토니가 사랑하는 것처럼.

안토니 내 소중한 여왕, 제발 참으시오,

그 사랑이 영예로운 재판장에 섰을 때

90 이 안토니의 사랑에 진실한 증거를 주시오.

클레오파트라 그게 바로 풀비아가 내게 말한 것이에요.

제발 등을 돌려서 그 여자를 위해 흐느끼세요,

그리고 내게 작별을 하고, 눈물은 이집트의 것이라고

말씀하세요. 지금 잘 해보세요, 탁월한 거짓말의

95 한 장면을 연기해 보세요, 그리고 완전히 사실 같은

지조로 보이도록 해보세요.

안토니 나를 화나게 하는구려, 그만 하시오.

클레오파트라 더 잘 하실 수 있어요, 하지만 이것도 적절하긴 해요.

안토니 이제, 내 칼에 걸고 맹세하지만, . . .

클레오파트라 그리고 표적에. 여전히 잘 해보려고 하지만,   100

이게 최고는 아니에요. 보거라, 차미안, 어떻게

이 허큘레스와 같은 로마 남자가 스스로의 골칫덩이를

실은 마차가 되는 지를.

안토니 난 떠나겠소, 여보.

클레오파트라 공손한 당신, 한마디만 더요. 105

당신과 내가 헤어져야만 하는데, 그게 다가 아니죠.

당신과 내가 사랑해 왔는데, 그게 다는 아니죠,

당신도 잘 알고 있어요. 제가 원하는 게 뭔지를,

오, 내 망각은 바로 안토니 당신이에요,

그래서 난 완전히 잊히겠죠. 110

안토니 여왕의 위엄을 뺀다면,

신하들에게나 하는 시시껄렁한 짓거리지만, 난 당신을

하릴없는 사람이라 여길 수도 있소.

클레오파트라 이런 무위한 짓거리도

클레오파트라가 그러는 것처럼 진지하게 하기에는 115

진땀나는 일이에요. 하지만 저를 용서하세요,

저의 재주도 당신께 좋게 보이지 않을 땐

그게 저를 죽이게 되니까요. 당신의 명예가 당신을 부르고 있어요,

그러니 아무도 불쌍히 여기지 않는 저의 장난질에 귀를 막으세요.

그리고 모든 신들이 당신과 함께 하소서! 당신의 칼이 120

승리의 월계관을 취하소서! 그리고 무난한 성공이

당신의 발아래에 펼쳐지기를!

안토니 가자. 어서.

우리의 이별은 이렇게 머물다 떠나는 것이오,

125   당신은 여기 머물지만, 여전히 나와 있소,

그리고 나는 여기를 떠나지만, 여전히 당신과 여기에 있소. 가자!

퇴장

4장

로마. 옥타비어스 시저의 저택.

옥타비어스 시저가 편지를 읽으면서 입장
레피더스와 시종들도 입장

시저   보시다시피, 레피더스, 이제 알 것이오,
우리들의 대단한 경쟁자를 증오하는 것이
이 시저가 원래 악해서가 아니라는 것을. 이게
알렉산드리아에서 온 소식이오. 그는 낚시하고, 마시고 흥청망청
밤의 등불을 낭비하고 있소. 그는 클레오파트라보다도   5
더 남자답지 못한 건지, 톨레미 왕가의 여왕이
그보다 더 여성스럽지 않은 건지, 그는 관심도 없고,
동료들이 있다는 생각도 않소. 그곳에서 그가
모든 사람들이 가진 온갖 잘못의 본보기가
된다는 것을 알게 될 것이오.   10
레피더스 그의 모든 훌륭한 점을 망칠만큼의 잘못이
있다는 것을 믿을 수 없습니다.
그의 결점은 하늘의 별과 같아서,
밤의 어둠속에서 더 밝지요, 노력으로 얻은 것이
아니라 선천적인 것이죠, 그가 바꿀 수도,   15
선택할 수도 없는 것이지요.

시저 너무 너그러워요.

톨레미의 침대에서 뒹굴고,

환락을 위해 왕국을 줘버리고,

노예 놈과 시시덕거리고,

20   한낮에 거리를 쏘다니고,

땀 냄새나는 악당 놈들과 시간을 허비하는 것이

문제가 아니라고 칩시다.

이런 것이 그에게 어울린다고 합시다,

만약 그가 이런 짓거리에도 명예가 더럽혀지지 않는다면,

25   그의 자질이 사실 특출하게 좋다는 게 틀림이 없어,

그러나 안토니는 변명의 여지가 없소, 그의 경솔함에

우리가 너무나 무거운 부담을 지오.

만약 그가 자신의 무료함을 과다하고 방탕한

욕망으로 채운다면,

30   그것 때문에 골수허약증에 걸리지,

그러나 그렇게 세월을 허송해 버려서,

그와 우리의 처지가 모두 소리를 질러대고 있소,

소년에게 그러듯이 야단을 쳐야 하오,

35   지식이 성숙했음에도,

자신의 경험을 현재의 쾌락과 바꾸고,

더 나은 판단을 거스르는 방식을.

사자 입장

레피더스 여기 소식이 더 있습니다.

사자 명령을 수행했습니다, 그리고 매 시간마다,

시저 전하, 해외는 어떤지 보고를   40

받으실 것입니다. 폼페이의 세력은 해상에서 강력하며,

시저를 두려워하는 무리들로부터 사랑을 받는 것으로

드러나고 있습니다. 항구로

불만을 가진 무리들이 몰려들고, 그가 부당한 대접을

받은 것으로 소문은 떠들어 댑니다.   45

시저 나도 그걸 알고 있었어야 했어.

권력을 가진 자는 권력을 이룰 때까지만

사람들이 원한다는 것을 애초부터 우린 알았어,

그리고 곤란한 상황에 처한 사람은

그가 사랑받을 가치가 없을 때까지 절대 사랑받지 못하다가,   50

망해서야 추모를 받아. 보통 사람들은 물결에 떠있는

찢어진 깃발 같아서, 변하는 물결 따라

이리저리 떠다니다, 그러다 그대로 썩어버리지.

사자 시저, 전하께 소식을 가져왔습니다.

유명한 해적인 메네크라테스와 메나스가   55

해상을 지배하고 있고, 사람들의 귀를 자르고

모든 종류의 선박에 피해를 입힙니다. 이태리로

상당히 진출하고 있습니다. 해안 국경지대는

그들과 대적할 용기를 잃고, 젊은이들은 모반에 가담합니다.

어떤 배도 보이는 즉시 나포되지 않고는   60

출항하지 못하고 있습니다, 왜냐하면 폼페이의 이름이

대항해 볼 만한 그의 전쟁 이상의

의미를 가지기 때문입니다.

시저 안토니여,

65 　그대의 그 방탕한 행각을 그만두어라. 한때 그대가

모데나에서 패했을 때, 거기서 집정관 허티우스와

판사를 처형했지, 기근이 그대 뒤를 따르자,

기근과 싸웠지, 비록 안락하게 컸지만,

야만인들이 할 수 있는 것보다 더한 인내심으로,

70 　말 오줌과 짐승들조차도 토하는 더러운 흙탕물을

마셨지. 식단은 아주 소박해서

아주 억센 나무에서 딴 거친 열매들을 먹었지,

그래, 수사슴처럼, 목장이 눈으로 뒤덮였을 때,

그대는 나무껍질을 먹었지, 알프스에서

75 　그대가 괴상한 고기를 먹었다는 소문도 있었어,

어떤 이들은 보기만 하고도 죽었다는,

그리고 이 모든 것을 . . .

내가 지금 말하는 것이 그대의 명예를 해치겠지만,

군인처럼 그렇게 참고 견디어,

80 　그대의 얼굴은 강건함을 잃지 않았어.

레피더스 이건 정말 그의 수치야.

시저 부끄러움이 재빨리 그를 로마로 데려오도록

바래보자. 우리 둘이 전쟁터에 모습을

드러냈어야 할 때야, 그리고 그 목적을 위해

우리는 즉시 동맹을 결성해야 해. 폼페이는 85

우리가 아무것도 하지 않는 사이에

점점 강해지고 있어.

레피더스 시저, 내일

정확하게 보고드릴 수 있겠습니다

바다와 육지에서 이번에 제가 어떻게 90

대처할 수 있는지를.

시저 그때 만날 때까지

그건 내 일이기도 하오. 잘 가시오.

레피더스 안녕히 가십시오, 전하. 그동안 해외의 사건에 대해

발견하신 뭐든지 제게도 같이 알려 주시기를 95

부탁드립니다, 각하.

시저 염려 마시게.

그걸 내 약속의 일부라 알고 있으니.

퇴장

5장

알렉산드리아. 클레아파트라의 궁전.

클레오파트라, 차미안, 이라스, 마디언 입장

클레오파트라 차미안!

차미안 여왕님?

클레오파트라 하, 하!

마셔라, 만드라고라[10]를 가져와라.

차미안 왜 그러십니까, 여왕님?

5 **클레오파트라** 그렇게 하면 내 안토니님이 떠나 있는

그 시간 동안 아주 오래 잘 수가 있겠지.

차미안 그분을 너무 많이 생각하십니다.

클레오파트라 오, 그건 반역이야!

차미안 그렇지 않습니다, 여왕님.

10 **클레오파트라** 너, 내시 마디언!

마디언 어떤 분부시옵니까?

클레오파트라 지금 너의 노래를 듣자는 건 아니다, 난 내시가 가진

그 어떤 것에도 흥미가 없구나. 넌 참 좋겠구나,

---

10. Mandragora: Mandrake라고도 불리며, 독성분이 있어서 환각작용을 유발한다. 만
드라고라는 문학작품에서 종종 독약이나 사랑의 묘약 혹은 수면제로 언급된다.

배우지를 못했으니, 네 방탕한 생각도

이집트를 떠나지 않아도 되니. 정욕이나 있느냐? 15

마디언 예, 우아하신 여왕마마.

클레오파트라 정말!

마디언 행동으론 안 됩니다, 여왕님, 우리가 정직하게 할 수

있는 것 이외에는 제가 할 수 있는 게 없으니까요.

그러나 불타는 정열은 있습니다, 그리고 비너스가 20

마르스에게 무엇을 했는지는 생각합니다.

클레오파트라 오, 차미안,

네 생각엔 그분이 지금 어디에 계실까? 서 있을까 앉아 계실까?

아니면, 걷고 계실까? 아니면 말을 타시나?

오, 운도 좋은 말이야, 안토니님의 무게를 받아 내다니! 25

용감해져라, 말아! 누구를 모시는지 알기나 하니?

세상을 떠받치는 분이시고, 인류의 힘과

방패이시지. 그분이 지금 말씀하시는구나,

아니면 중얼거리시나, "나일 강의 내 뱀은 어디 있지?"

왜냐면 그분이 나를 그렇게 부르시니까. 지금 난 30

가장 달콤한 독약을 먹고 있어.

포에버스¹¹에게 요염하게 꼬집혀 검게 타고,

세월에 주름이 깊어진 나를 생각하고

계실까? 널찍한 용모의 시저¹²가

---

11. Phoebus: 그리스 로마 신화에서 태양의 신으로 아폴로(Apollo)로도 알려져 있다.
12. Broad-fronted Caesar: 여기서 시저는 안토니의 상관이면서 후일 안토니가 양아버

여기 이 땅에 계실 때, 난 지배자를 위한

음식 한 조각이었어. 그리고 위대한 폼페이는

서서 내 얼굴에서 눈길을 떼질 못했지,

마치 그의 얼굴에 닻을 내린 듯, 자신의 생명을

바라보듯이 사족을 못 썼어.

옥타비어스 시저에게서 온 알렉사스 등장

알렉사스 이집트의 군주시여, 만수무강하소서!

클레오파트라 넌 안토니와는 어떻게 그렇게 다르게 생겼느냐!

그러나 네가 그분에게서 왔으니, 넌

그분의 정수를 받아 훤해 보이는구나.

나의 용감한 안토니 장군은 어떻게 하고 계시더냐?

알렉사스 여왕마마, 마지막으로 그분이 한 일은

키스를 한 것이었습니다. 수차례 한 키스의 마지막 키스였죠,

이 동양의 진주에다. 그분의 말씀이 제 가슴에 박혀있습니다.

클레오파트라 그걸 뽑아다 내 귀에 넣어야겠다.

알렉사스 말씀하시길

"좋은 친구," 전하게

"건실한 로마인이 위대한 이집트에

이 굴의 보물을 바친다고, 이 선물 앞에,

지라고 주장하는 줄리우스 시저(Julius Caesar)를 의미한다. 줄리우스 시저가 이집
트를 정복하고 클레오파트라를 정부로 맞았을 때 시저의 나이의 52세였고 클레오
파트라는 21살이었다.

조그만 선물을 보충하기 위해, 나는 여왕의 화려한
옥좌를 왕국들로 둘러싸이게 할 것이다. 동방 전부가
여왕을 지배자라 부르리라." 그리고 고개를 끄덕이셨고,   55
엄한 모습으로 무장한 말위에 오르시자,
그 말이 참으로 크게 울어서 제가 드리고 싶었던 말이
그 울음소리에 묻혀버렸습니다.

클레오파트라 뭐냐, 그분이 슬프시더냐? 아니면 즐거우시더냐?

알렉사스 덥고 추운 극단의 사이에 있는 계절처럼   60
장군께선 슬프지도 즐겁지도 않으셨습니다.

클레오파트라 오, 참으로 적절하신 성품이시구나! 그분을 봐라,
알아 모셔야지, 착한 차미안, 바로 그런 분이시다, 그냥
알아 모시면 돼.
그분이 슬퍼하지 않은 건, 그의 모습을 닮으려는 사람들에게   65
영향을 주고 싶었기 때문이지, 그분이 즐거워하지 않은 건,
그렇게 하면 그의 진심을 기쁨과 함께 이집트에 두고 온 것처럼
사람들에게 보일까 해서지, 하지만 딱 그 중간이야.
오, 천상의 조합이구나! 슬퍼든 기쁘든 간에
당신에겐 어느 극단의 감정도 어울리는구려,   70
다른 누구도 그럴 수 없어. 내 사신들을 넌
만났느냐?

알렉사스 예, 마마, 스무 명 이상의 사신을요.
왜 그렇게 한 번에 많이 보냈습니까?

클레오파트라 내가 안토니에게 사람을 보내는 것을 잊을 땐,

그날 태어난 누구든

거지로 죽을 것이야. 잉크와 종이, 차미안.

내 사랑스런 알렉사스, 환영한다. 차미안, 내가

그 시저를 이렇게 많이 사랑했던 적이 있었나?

차미안 오, 그 용감하신 시저!

80 **클레오파트라** 만약 그렇게 한 번만 더 말하면, 목을 졸라버리겠다!

대신에, 용감하신 안토니라고 말해라.

차미안 용맹스러운 시저!

클레오파트라 아이시스에게 맹세코, 네 이빨을 피로 물들여 주마,

만약에 네가 다시 나의 남자 중에 남자인 그분을

85 시저와 비교한다면.

차미안 제발 자비롭게 저를 용서하소서.

저는 단지 마마를 따라 찬양하옵니다.

클레오파트라 내 젊은 시절이었어,[13]

내가 판단이 미숙했을 때, 냉혹하게,

90 그때 내가 말했던 것이다! 그러나, 자, 가자.

내게 잉크와 종이를 가져다다오.

그분은 매일 여러 번의 안부를 받을 것이야,

아니면 이집트에 사람이라곤 없도록 만들 것이다.

퇴장

---

13. **My salad days:** 셰익스피어가 사용한 표현으로 젊고, 미숙한 시절을 의미한다.

2막

1장

메시나. 폼페이의 집

전쟁을 하는 분위기로 폼페이, 메네크라테스, 메나스 입장

폼페이 만약 위대한 신들이 공평하시다면,

가장 정의로운 사람들의 행동을 도우실 것이오.

메네크라테스 존경하는 폼페이여, 신들이 도움을 미룬다고 해서

도움을 거절하는 것이 아니란 걸 아셔야 합니다.

5 **폼페이** 우리가 왕좌의 구애자인 동안, 우리가 추구하는

것이 썩어버려요.

메네크라테스 자신을 알지 못하는 우리는

종종 우리에게 해가되는 것들을 바라죠, 현명한 힘은

우리의 이로움을 위해 우리가 그걸 갖지 못하게 하지요, 그래서

우리가 기원하는 것을 잃었을 때 그게 우리에게 이롭다는 것을

10 알게 되죠.

폼페이 난 잘할 것이오.

국민들은 나를 사랑하고, 바다는 내 것이오,

내 세력은 점차 커지고, 희망적인 예언은

그 세력이 가득 차게 될 것이라 말하오. 이집트에 있는

15 마크 안토니는 만찬에 앉아서 기회가 없이는 전쟁을

하지 않을 것이오. 시저는 돈을 긁어모은 대가로

충성심을 잃었소. 레피더스는 양쪽에 아첨하고 있고

그 양쪽 모두 그에게 알랑대지만, 그는 누구도 좋아하지 않고,

그 양쪽 누구도 그에게 관심이 없어.

메나스 시저와 레피더스는   20

전쟁터에 있고, 그들 모두 강력한 군대를 보유하고 있습니다.

폼페이 어디서 들었소? 그건 오보야.

메나스 실비어스에게서 입니다, 각하.

폼페이 그놈은 꿈꾸고 있소. 그 둘이 함께 로마에 있는 걸 알고 있소,

안토니를 기다리면서. 하지만 천박한 클레오파트여,   25

사랑에 관한 온갖 마법으로 너의 음침한 입술을 부드럽게 해라.

마법을 아름다움과 욕정 모두와 함께 섞어

그 방탕한 놈을 잔치판에 묶어 놓고,

그놈의 머리를 혼탁하게 해라, 미식을 만드는 요리사들은[14]

맛있는 소스로 그의 식욕을 돋우어라,   30

그래서 자고 먹는 일로 그의 명예가 결국

망각의 멍청함이 될 때까지 망쳐지게 될 것이다.

바리어스 입장

---

14. Epicurean cooks: Epicurean은 그리스의 에피쿠로스학파에서 유래한 말로, 삶의 쾌락을 긍정적으로 바라봤던 학풍은 중세의 기독교적 교리와 맞지 않았다. 그로 인해 "에피쿠로스"라는 말 자체는 경계해야 하는 방탕한 쾌락이나 욕망과 연관되는 부정적 의미로 종종 사용되었다.

어쩐 일이야, 바리어스?

바리어스 이 소식을 확실하게 전합니다.

35 로마에서는 목이 빠지게 안토니를

고대하고 있습니다. 그가 이집트를 떠난 후로

오는데 걸리는 것보다 훨씬 더 시간이 지났으니까요.

폼페이 덜 심각한 사안이었다면 귀를 세워 듣지

않았을 텐데. 메나스, 아무리 생각해도

40 사랑에 취한 그놈이 이런 미미하고 하찮은 전쟁을 위해

투구라도 썼다고 여겨지지 않아. 그의 군사적 기술은

다른 두 사람의 곱절이나 되지. 하지만 우리들에 대한

평판을 더 높여 봅시다. 우리의 골칫거리,

욕정이 마르지 않는 안토니가

45 이집트 여왕을 뿌리칠 수 있다니.

메나스 시저와 안토니가 잘 지낼 것이라곤

감히 바랄 수도 없습니다.

그의 죽은 아내는 시저를 위협했고,

내 생각에 안토니가 부추기진 않았지만,

50 그의 아우는 시저에 맞서는 전쟁을 일으켰지요,

폼페이 메나스, 난 모르겠어,

작은 증오는 더 큰 증오를 위해 미뤄둘 수도 있지 않을까.

만약 우리가 그들 모두를 상대로 맞서지 않았다면,

그들은 서로 보복하며 싸우는 상황이

55 만들어졌을 거야.

왜냐하면, 그들은 칼을 뽑을 충분한 이유가 있기
때문이지, 하지만 우리에 대한 두려움이
그들을 결속시키고, 작은 차이를 지워버릴 수 있는지
우린 아직 몰라.
그건 신의 뜻에 따릅시다! 단지 가장 강한 힘을   60
사용하는 것만이 우리의 생명을 지탱시켜줄 것이오.
이리 오시오, 메나스.

퇴장

2장

로마. 레피더스의 집.

이노바버스와 레피더스 입장.

레피더스 훌륭하신 이노바버스, 그건 가치 있는 행동이고,
당신에게 잘 어울릴 것이오, 당신의 장군에게
부드럽고 점잖게 말씀하시라 권해주오.

이노바버스 그분 원래의 성품처럼 대답하시라

5 그렇게 그분께 청하겠습니다. 만약 시저가 그분을 자극한다면,
안토니 장군은 시저의 머리 꼭대기를 훑어보며
군신처럼 고함칠 것이오. 주피터 신께 맹세하지만,
만약 내가 안토니 장군의 수염을 달았다면,
난 오늘 수염을 깍지 않았을 것이오.

10 **레피더스** 사사로운 감정을 논할 적절한 시기가 아니오.

이노바버스 사건이 일어나는 때가 항상 적절한 때요.

레피더스 하지만 작은 사건은 큰 사건에 양보해야 하오.

이노바버스 하지만 작은 사건이 먼저 오면 그렇진 않죠.

15 **레피더스** 말씀이 감정적이십니다.
하지만 사태를 더 이상 격분시키진 맙시다.
여기 존귀하신 마크 안토니께서 오시는구려.

안토니와 벤티디어스 입장

이노바버스 그리고 저기에 시저께서도.

옥타비어스 시저. 매시나스. 아그리파 입장

안토니 우리가 여기서 잘 하면, 우린 파르티아로 가야 하지.
들어 보게, 벤티디어스.[15]
시저 난 모르겠어,
매시나스, 아그리파에게 물어보게.   20
레피더스 귀하신 친구들이여,
우리를 함께 모이게 한 일은 너무나도 중요한 것이오, 그래서
부적절하게 대응하지 맙시다. 잘못된 것이 있으면,
그걸 차분하게 이야기 해봅시다. 우리가 우리의 사소한
차이를 크게 떠들어대면, 우린 결국 낫고 있는   25
상처를 덧나게 하고 말 것이오, 그래서 귀한 동지 여러분,
대신에 제가 간곡하게 부탁하오니,
쓰린 문제를 좋은 말로 언급해 주시고,
무례함으로 일을 키우지 마십시오.
안토니 잘 말씀하셨습니다.   30
만약 우리가 적을 앞에 두고 싸우기 직전이라면,
난 이렇게 할 것이오.

---

15. Ventidius: 벤티디어스의 원명은 퍼블리커스 벤티디어스 바서스(Publius Ventidius Bassus)로 파르티안 전쟁에서 승리를 거둔 로마의 장군이다.

시저 로마에 오신 것을 환영합니다.

안토니 감사합니다.

시저 앉으시죠.

안토니 앉으시죠.

시저 그러시다면.

안토니 아무것도 아니거나 각하와는 상관없는 일을
    언짢게 받아들이신다고 저는 여깁니다.

시저 난 비웃음을 받아 마땅할 것입니다,
    만약, 내가 아무것도 아니거나 하찮은 일 때문에
    마음 상했다고 말한다면, 그리고 더욱 더
    세간의 웃음거리가 될 수밖에 없겠지요,
    제가 나와는 아무 상관이 없이
    각하의 이름을 언급했을 때,
    각하를 모욕하는 것처럼 들렸다면.

안토니 시저, 제가 이집트에 머물렀던 시간이
    문제라도 되는 것입니까?

시저 제가 로마에 머무는 것과 꼭 마찬가지로
    각하도 이집트에 계신 것이죠. 그러나 만약
    각하가 그곳에서 본국에 대한 일을 꾸몄다면, 각하의 이집트
    체류가 문제일 수도 있지요.

안토니 그건 무슨 말씀이십니까?

시저 여기서 제게 무슨 일이 일어났는지 가늠해 보시면
    제가 뭘 말하는지 아실 것입니다. 각하의 아내와 동생은

제게 대항해 전쟁을 일으켰고, 그들의 명분의 주제는   55
각하를 위한 것이었습니다. 각하가 바로 전쟁의 구호였지요.

안토니 일을 오해하고 계십니다. 내 동생은 자신의 행동에
나를 부추기지는 않았소. 나도 그 일을 조사했습니다,
그리고 전하께 칼을 뽑았던 사건에 대한
진실한 보고를 몇 건 받았습니다. 내 동생은   60
각하의 권위와 함께 내 권위도 수치스럽게 했고,
우리를 같이 취급하면서 내 의도와 반하는 그 같은
전쟁을 일으킨 것 아니겠소? 이에 대해선 이전의 편지가
각하께 흡족한 설명을 드렸소. 각하께서 전반적인 사안을
날조하시겠다면, 그건 성공하지 못할 것이오,   65
그건 이 일과 틀림없이 다르니까.

시저 판단의 결함을 내게 늘어놓음으로써
장군은 스스로를 칭찬하십니다.
장군은 자신의 변명을 지어내고 있어요.

안토니 그렇지 않소, 그렇지 않아요,   70
내 확신하지만, 각하께선 이렇게 생각하는 필요성이
반드시 있을 것이오,
동생이 전쟁을 일으켰던 원인이 되었던
각하의 협력자인 내가 나 자신의 평화를 해치는
그런 전쟁을 한가로이 보고만 있지 않아요. 내 아내에 관해선,   75
각하가 다른 사람에게서 그런 성질을 경험해 보면 좋겠어요.
각하는 세상의 삼분의 일을 지배하고, 재갈을 쥐고

쉽게 말의 속도를 조절할 수 있지만, 그런 마누라는 안돼요.

이노바버스 우리가 그런 아내를 데리고 있기만 하다면, 남자들은
그런 여자들과 함께 전쟁터로 나갈 수 있을 텐데.

안토니 그렇게 고치기가 힘들어서, 시저, 그 여자의 행동은
참을성 없는 성질에서 나온 것이라서, 영악한 수단 역시
부족함이 없어요. 그래서 슬프지만 인정할 수밖에 없군요
각하에서 큰 심려를 끼쳤다는 것을. 그것 때문에 각하께서
언급할 수밖에 없겠지만, 저도 어쩔 수가 없었어요.

시저 장군께 편지를 보냈소.
알렉산드리아에서 요란한 연회를 벌일 때, 장군께선
내 편지를 묵살해 버렸고, 모욕하면서
내 서한을 들어보지도 않고 조롱했소.

안토니 각하,
그 사신은 내 허락도 없이 내게 쳐들어 왔소. 그때
나는 세 명의 왕들과 만찬을 하고 있었고, 그날
아침엔 그럴 수 있는 형편이 없었소. 그러나 다음날엔
내가 직접 사자에게 편지에 대해 얘기 했었소, 그건
그에게 사과한 것이나 마찬가지요. 그 자는
우리가 논쟁하는데 있어서 중요치 않습니다. 만약 우리가
논쟁을 해야 한다면, 그자는 논의 대상에서 제외합시다.

시저 장군은 맹세한 조항을
어겼습니다, 그래서 절대로 나를 비난할
그 어떤 근거도 없어요.

레피더스 진정하십시오, 시저!

안토니 아니오,

레피더스, 시저가 말하게 둡시다.

시저께서 말씀하시는 명예라는 것은 신성한 것인데,

아마 내가 부족한 모양입니다. 하지만 계속하세요, 시저,

내 맹세의 조항을. 105

시저 내가 필요할 때 무기와 도움을 내게 빌려 주기로 한 것,

장군은 그 둘 모두를 거부했소.

안토니 다소 소홀히 했던 것이오,

그리고 그때는 내가 깨닫지도 못한 채 사악한 시절에서

헤어나지 못하던 때요. 내가 할 수 있는 만큼 110

당신께 뉘우치는 사람의 몫을 할 것이오. 하지만 나의 정직성이

나의 위대함을 초라하게 하진 않을 것이고, 나의 권력도

솔직함 없이는 힘을 쓰지 못할 것이오. 진실은 나를

이집트에서 빼내 오게 하려고 풀비아가 여기서 전쟁을 일으켰소,

내 자신이 인지 못했던 원인이 되었기 때문에, 115

내 명예에 걸맞은 사과를 구하면서,

그런 경우에 나를 낮추겠습니다.

레피더스 고귀하신 말씀이십니다.

매시나스 괜찮으시다면, 두 분 사이의 불행한 사건을

더 이상 주장하지 마십시오. 현재 필요한 것을 120

기억하신다면, 그 사건들을 잊는 것이

두 분 각하들에게 득이 됩니다.

레피더스 가치 있는 말씀이오, 매시나스.

이노바버스 아니면 두 분이 지금 한시적으로 화해를 하신다면,

125　　　폼페이를 더 이상 처리할 일이 없을 때, 두 분께선

다시 다툴 수가 있습니다. 다른 아무 할 일이 없을 때,

두 분은 서로 다툴 시간이 있을 겁니다.

안토니 자넨 군인일 뿐일세, 더는 말하지 말게.

이노바버스 오, 죄송합니다. 진실은 침묵해야 한다는 것을

130　　　거의 잊었습니다.

안토니 이 경우엔 자네가 잘못했어, 그러니 더는 말하지 말게.

이노바버스 그러시다면 가서 장군의 사려 깊은 돌이 되겠습니다.

시저 난 저 자가 말한 내용을 크게 싫어하지 않아, 그러나

말하는 태도는 싫다. 행동하는 방식에서

135　　　우리의 상태가 이렇게 다른데, 우리가 친구로

남을 것 같지는 않구나.

그러나 어떤 연결 관계가

우리를 묶어 둘 수 있는지 내가 안다면,

세상의 모든 끝에서 끝까지 가더라도

난 그것을 쫓을 것이야.

140　**아그리파** 말씀 올려도 되겠습니까, 시저. . . .

시저 말하라, 아그리파.

아그리파 각하께선 모친 쪽으로 여동생이 한 분 계십니다,

칭찬이 자자한 옥타비아님[16]이죠. 위대한 마크 안토니께선

---

16. Octavia: 옥타비어스 시저의 누이로 마크 안토니의 네 번째 아내가 되었으며, 또한

이제 홀아비가 되었습니다.

시저 그렇게 말하지 말라, 아그리파. 145

만약 클레오파트라가 네 말을 들으면,

경솔함에 대해 꾸지람을 충분히 받을만하지.

안토니 난 결혼을 안했소, 시저. 아그리파가 말하는 것을

좀 더 들어 봅시다.

아그리파 장군을 영원한 우방으로 붙들어 두고, 150

두 분을 형제로 만들고, 풀리지 않는 매듭으로

두 분의 심장을 함께 묶기 위해서, 안토니 장군은

옥타비아님을 아내로 맞으십시오, 옥타비아님의 아름다움은

남편으로 최고의 남자를 맞기에 충분합니다.

옥타비아님의 미덕과 우아함은 다른 누구도 감히 155

말로 풀어놓을 수도 없는 정도입니다. 이 결혼에 의해서

지금은 크게 보이는 모든 자잘한 문제들과,

지금 위험을 가져오는 모든 커다란 공포가

이후엔 아무것도 아닌 게 됩니다. 진실도 이야깃거리가 되고,

이젠 반쯤의 이야기가 진실이 되지요. 두 분에 대한 부인의 160

사랑은 부인으로 인해 서로가 서로에게 끌리게 되지요.

제가 말씀드린 것을 용서해 주십시오.

이것은 갑작스런 생각이 아니라,

깊이 고려한 의무감에 곰곰이 생각한 것입니다.

안토니 시저께선 말씀하시겠습니까? 165

칼리굴라와 네로 황제의 증조모가 되었다.

시저　이미 나온 말에 대해 안토니 장군이
　　　어떤 생각이 들었는지 내가 알기까지는 아니다.

안토니　내가 만일 "아그리파, 그렇게 되게 해 줘"라고 말하면,
　　　이 일을 가능하게 만들기 위해
170　　아그리파에게 무슨 힘이 있는 것이오?

시저　이 시저의 힘이죠, 그리고
　　　옥타이바에 대한 내 전권이요.

안토니　아주 공평해 보이는,
　　　이렇게 좋은 해결책을 막겠다는
175　　꿈도 꾸지 못했소! 그대의 손을 잡게 해주십시오.
　　　이 대사령을 지속합시다. 그리고 이제부터는
　　　형제의 마음이 사랑으로 지배하고
　　　우리의 원대한 계획을 움직이도록 합시다.

시저　여기 내 손이 있소.
180　　그 어떤 오빠보다도 그렇게 소중하게 사랑하는
　　　내 여동생을 당신께 주겠소. 우리의 왕국과
　　　마음을 하나로 묶기 위해 동생이 살기를, 그리고
　　　우리 둘이 다시는 싸우지 않기를!

레피더스　그렇게 되기를 빕니다!

185　**안토니**　내가 폼페이에 대적해 칼을 뽑는다는 걸 생각지 못했소,
　　　왜냐하면 그는 아주 예의를 지켰고 최근 많은 호의를
　　　베풀었소. 난 그에게 감사해야만 하오,
　　　그렇지 않으면 내 기억은 나쁜 소문에 시달릴 걸요,

그런 후 그에게 대적합시다.

레피더스 시기가 절박합니다.   190

우리는 즉시 폼페이를 추적해야 합니다,

그렇지 않으면 그가 우리를 찾아낼 것이오.

안토니 그가 어디에 진을 치고 있소?

시저 미세넘 산[17] 근처요.

안토니 그의 육군 병력은 어떻습니까?   195

시저 크고, 강력하고, 계속해서 불어나고 있소. 그러나

해상은 그가 완전히 장악하고 있소.

안토니 평판이 그렇습니다.

이전에 우리가 함께 의견을 나누기만 했어도! 서둘러야 합니다.

하지만 우리가 무장을 하기 전에   200

우리가 논의했던 그 일을 처리합시다.

시저 아주 기꺼이,

그리고 내 여동생에게 당신을 초대하오.

거기로 내 즉시 장군을 안내하리다.

안토니 레피더스, 우리가

당신도 꼭 참석하도록 하겠소.   205

레피더스 고귀한 안토니,

어떤 질병도 나를 붙들진 못할 거요.

---

17. Mount Misenum: 이태리 나폴리만 북서쪽 끝에 위치한 산. 지금은 미세노(Miseno)
라고 불리며, 미세넘(Misenum)의 고대의 지명이다.

화려한 나팔소리. 시저, 안토니, 레피더스 퇴장

매시나스 이집트에서 오신 것을 환영합니다.

이노바버스 소중한 매시나스, 시저의 심장 반쪽!

내 영예로운 친구, 아그리파!

210 **아그리파** 훌륭한 이노바버스!

매시나스 모든 일이 잘 마무리 된 것을 기뻐할 이유가 있지요.

이집트에서 좋은 시간을 가졌다면서요.

이노바버스 우린 잠으로 낮을 아무렇게나 보내고,

밤 역시 음주로 날렸지요.

215 **매시나스** 아침식사로 여덟 마리의 멧돼지를 통째로 구웠는데,

겨우 열두 분이 거기에 계셨다는 게, 사실입니까?

이노바버스 그건 독수리에게 파리 정도죠. 우린 그것보다 훨씬 더

요란한 연회를 했죠. 참 생각하기에도 대단했어요.

매시나스 여왕에 대한 보고가 정확하다면,

220 여왕은 참으로 대단한 분이군요.

이노바버스 여왕이 안토니 장군을 처음 만났을 때, 여왕은 장군의 마음을

사로잡았어요, 시드너스 강에서 뱃놀이를 하면서.

아그리파 그곳에 여왕이 실제로 나타났다지요,

아니라면 내가 들은 보고는

225 여왕에 대한 교묘한 거짓이겠죠.

이노바버스 이야기를 해 드리죠.

여왕이 앉은 그 배는 번쩍이는 왕좌 같이,

물 위에서 휘황찬란했죠. 선미상갑판은 황금 판으로 되어 있었지,

돛은 보라색이었고, 아주 향기를 풍겨서

바람도 돛과 사랑에 빠질 지경이었지.

노는 은으로 만들었고,   230

플루트 소리에 맞춰 노를 젓자,

노에 부딪힌 물결이 빠르게 뒤를 따랐죠,

마치 노를 사모하듯이. 여왕 자신으로 말하자면,

어떤 설명도 적절치 않소,

여왕은 황금빛 천으로 된 천막에 누워 있어서,   235

우리가 거기서 보는 게 자연을 압도하는

비너스인지 여기게 했소. 여왕의 양 옆에는

보조개를 한 미소년이 미소 짓는 큐피드처럼 서 있었지,

다양한 색깔의 부채를 들고, 부채 바람은

부채로 식힌 고운 뺨에 홍조를 띄게 했고,   240

식혀 놓은 뺨을

소용없게 만들었지.

아그리파 안토니 장군에겐 참 진귀했겠군!

이노바버스 여왕의 시녀들은 바다의 요정이나

수많은 인어처럼 화려하게 여왕을 모셨고,   245

시녀들은 매듭으로 장식을 했어요. 키를 잡는 곳에선

인어처럼 보이는 사람들이 배를 조종했고, 비단 밧줄은

꽃처럼 부드러운 손길에 팽팽해져서

신속하게 모양을 만들었지요. 유람선으로부터

250 이상한 눈에 보이지 않는 향기가 인근에 있는
부두로 퍼져나갔지. 그 도시의 사람들은
여왕을 보려고 몰려나왔고, 그리고 안토니 장군은
시장터에 앉아서, 홀로 앉아
허공에다 휘파람을 불고 있었지, 아무 할 일도 없어서,
255 역시나 여왕을 보러 가게 되니,
주변이 텅 비어 버렸지.

아그리파 희한한 이집트 여왕이야!

이노바버스 여왕이 상륙했을 때, 안토니 장군은 사자를 보내서
여왕을 저녁 식사에 초대했지. 만약 장군이 자신의
260 손님이 되어 주신다면 더 좋겠다고 여왕은 답을 했소,
여왕이 간청한 것이라, 정중하신 안토니 장군께선
여성에게 거절이란 말을 할 줄 모르시는 분이라
열 번이나 면도를 하시곤 연회에 가셨지요,
그래서 결과적으론 겨우 눈요기 하신 것 때문에
265 장군의 마음을 바친 것이죠.

아그리파 대단한 여인이군!
그 여자는 위대한 시저도 침대에다 칼을 풀어 놓게 했어.
시저께선 그 여자와 밤농사만 지었고, 수확은 그 여자가 거뒀지.

이노바버스 나도 여왕을 한번 봤는데
270 거리를 마흔 걸음이나 뛰어서
숨이 차서 헐떡이며 여왕이 말을 했는데
바로 그런 모습이 여왕이 더 완벽하게 보이게 했소,

숨이 차서 생기를 뿜어내더군요.

매시나스 이제, 안토니 장군은 그 여자를 완전히 떠나야 해요.

이노바버스 장군은 절대 그러지 않을 거요. 275

세월도 여왕을 주름지게 할 수 없고, 습관도 여왕의

무한한 다양함을 무디게 하지 못해요. 다른 여자들은

남자들의 욕구를 채워주면 질리게 되지만, 여왕은

욕구를 가장 만족시키면서도 배고프게 만들지. 가장 천박한

짓거리도 여왕에겐 어울리기 때문에, 여왕이 방종할 때도 280

성직자들이 여왕을 축복하지.

매시나스 만약 미모와 지혜와 겸손이 안토니 장군의 마음을

붙들 수 있다면, 옥타비아는 장군에게

복된 행운이죠.

아그리파 갑시다. 285

훌륭하신 이노바버스, 여기 머무시는 동안

내 손님이 되어 주시오.

이노바버스 송구합니다만, 감사드립니다.

퇴장

3장

같은 곳. 옥타비어스 시저의 저택.

안토니, 시저, 옥타비아, 그리고 그들 사이에 시종들 입장

안토니 세상과 저의 높은 직책이 때론 당신의 품에서
저를 떼어 놓을 수도 있어요.

옥타비아 그런 시간 내내
신들 앞에서 무릎을 꿇고 당신을 위해
5   기도하겠습니다.

안토니 잘 주무시오, 시저. 나의 옥타비아
세상이 말하는 나의 결점들에 신경 쓰지 마세요.
내가 반듯하지는 못했지만, 이제부터는
모든 게 법에 따라 행해질 거요. 잘 주무시오,
10   옥타비아.
잘 주무시오. 시저.

시저 잘 주무시오.

시저, 옥타비아 퇴장
점술가 입장

안토니 자, 이놈아, 이집트에 있고 싶은 겐가?

점술가 제가 이집트에서 여기로 오지 않았던들, 아니면 장군께서 여기로

오시지 않았더라면!　　　　　　　　　　　　　　　　　　　　15

안토니 어디 말해 봐라, 이유가 뭐야?

점술가 제 마음으론 볼 수 있지만, 혀로 그걸 말씀드릴 순 없군요. 하지만

다시 이집트로 서둘러 되돌아가 보십시오.

안토니 말해 보거라,

누구의 운세가 더 높이 일어서겠느냐, 시저냐 나냐?　　　　20

점술가 시저의 운입니다.

그러니 안토니시여, 시저 곁에 머물지 마십시오.

장군을 수호하는 정령인 수호신은 시저가 없는

곳에선 고귀하고 용감하고 대적할

상대가 없습니다. 하지만 시저 곁에서는 장군의 천사가　　　25

압도당해서 두려움이 되어 버립니다. 그러니

시저와 충분한 거리를 유지하십시오.

안토니 이런 말을 더 이상 하지마라.

점술가 장군 이외엔 누구에게도 더 이상 말하지 않겠습니다.

어떤 시합에서든 시저와 겨루기를 하신다면,　　　　　　30

장군께선 확실히 지게 됩니다. 타고난 운수 때문에,

시저는 불리함을 딛고 장군을 물리칩니다. 시저가 곁에서

빛날 때 장군의 광채는 탁해집니다. 다시 말씀드리지만

장군의 정령은 시저 곁에서 온통 겁을 먹고 장군을 억누릅니다.

하지만 시저만 없으면 다시 당당해 집니다.　　　　　　35

안토니 물러 가거라.

벤티디어스에게 내가 할 말이 좀 있다고 전해라.

점술가 퇴장

그는 파르티아로 가게 될 거야. 의도했던 우연이든 간에,
저놈은 진실을 이야기 했어. 주사위도 시저를 따르고,
시합에선 더 나은 내 솜씨도 그의 운을 만나면
무기력해지지. 제비를 뽑아도 그가 더 나은 걸 뽑고,
그의 싸움닭이 내 닭을 이기지,
별 중요한 경우가 아닐 때도, 그의 메추리가
항상 내 걸 이겨, 아무렇게나 해도. 난 이집트로 갈 거야.
비록 내가 화평 때문에 이 결혼을 하지만,
나의 즐거움은 동방에 있어.

벤티디어스 입장

오, 이리 오게, 벤티디어스,
자넨 파르티아로 가야겠어. 자네의 임명장이 준비되어 있네.
나를 따라와서 받으시게.

퇴장

4장

같은 장소. 거리.

레피더스, 매시나스, 아그리파 입장

레피더스 더 이상 수고하지 마시고, 부탁하오니, 장군을
  좀 재촉해 주시오.

아그리파 마크 안토니 장군께서 옥타비아님과 키스만 끝나면,
  우리는 따르겠습니다.

레피더스 두 분 모두에게 잘 어울리는   5
  군복을 입은 모습을 볼 때까지, 안녕히 계시길.

매시나스 우리도 그러겠습니다,
  여정으로 볼 때, 레피더스님보다 제가 먼저
  그 산에 도착할 겁니다.

레피더스 자네의 길이 더 가까워,   10
  내 일이 있어 좀 둘러 갈 것이네.
  자네들은 나보다 이틀 빠를 것이네.

매시나스, 아그리파 행운을 빕니다!

레피더스 잘 가시게.

퇴장

5장

알렉산드리아. 클레오파트라의 궁전.

클레오파트라, 차미안, 이라스, 알렉사스 입장

클레오파트라 음악을 연주해 다오, 음악이란
사랑에 빠진 우리에겐 우울한 양식이야.
시종들 음악을 울려라!

마디언 입장

클레오파트라 음악은 집어 치우고, 당구를 치겠다. 이리와, 차미안.
5   **차미안** 전 팔이 시큰거립니다, 마디언과 치는 것이 좋겠습니다.
클레오파트라 여자와 치는 것은 내시와 치는 것과 같다.
이리와, 나와 함께 치겠느냐?
마디언 제가 할 수 있는 한 잘해 보겠습니다, 여왕님.
클레오파트라 정성을 보이면,
10   비록 부족하더라도
용서를 받을 수 있는 법이야. 지금은 하지 않겠다.
낚싯대를 가져 오너라, 우린 강으로 가겠다. 거기서,
음악 소리를 멀리 퍼지게 하고, 황갈색 지느러미를 한
물고기를 속여서 내 굽은 낚싯바늘로 그 물고기들의

미끈거리는 턱을 꿸 것이야. 그리고 내가 끌어 올리면서

물고기 하나하나를 안토니라고 생각하고,

"아하, 넌 잡혔어"라고 말하겠다.

차미안 여왕님이 낚시에다 내기를 걸었던 때가

재미있었지요. 여왕님의 잠수부가 장군의 낚싯바늘에

바닷고기를 걸어 놓았을 때, 장군께선 참으로 열심히   20

끌어올리셨죠.

클레오파트라 그때, 아 그 시절!

난 그분이 못 참을 때까지 그분을 웃겨드렸지, 그리고 그날 밤

그분이 다시 참아야 할 정도로 웃겨드렸지, 다음날 아침

9시 전에 그분을 술 취하게 해서 침대로 보내버렸지,   25

그런 후 그분께 내 외투를 입히고 머리장식을 씌웠지,

그동안 난 필리판이라는 그분의 검을 찼었지.

사자 등장

오, 이태리로부터

내 귀에다 좋은 기별을 채워 넣어다오

내 귀는 오랫동안 삭막했었다.   30

사자 여왕님, 여왕마마, . . .

클레오파트라 안토니가 죽었느냐! 만약 네놈이 그렇게 말한다면, 악당 놈아,

넌 네놈의 안주인을 죽이는 것이야. 그러나 그분이

건강하고 자유롭다고 밝힌다면, 황금이 있고, 여기

키스할 왕가의 핏줄이 있다. 이 손은 왕들이   35

떨면서 키스를 했던 손이다.

사자 먼저, 여왕마마, 장군은 잘 지내십니다.

클레오파트라 여기 황금이 더 있다.

하지만, 분명히 해라, 우린 종종
죽은 사람에게도 잘 지낸다고 말한다. 만약 그런 경우라면,
네 놈에게 줄 황금을 내가 녹여서 나쁜 소식을 토해내는
네놈의 목구멍에다 부어주겠다.

사자 훌륭하신 여왕마마, 제 말씀을 들어 보십시오.

클레오파트라 그럼 계속해라, 내가 들으마,

하지만 네 얼굴에는 좋은 게 없구나. 만약 안토니님이
자유롭고 건강하시다면, 그렇게 좋은 기별을 전하기엔
낯빛이 너무 시름하구나! 안녕하시지 못한다면,
뱀을 머리에 관처럼 쓴 복수의 여신처럼 왔어야 했다,
멀쩡한 인간의 모습이 아니라.

사자 제발 제 말을 들으시렵니까?

클레오파트라 네 놈이 말을 하기도 전에 널 때려주고 싶은 마음이 든다.

하지만 안토니님이 살아계시고 잘 지내신다고,
시저의 포로가 아니라 친구로 계신다고 말한다면,
난 널 황금의 소낙비를 맞게 해주고, 값비싼
진주를 네 위에다 쏟아 부어 주겠다.

사자 여왕님, 장군께선 잘 지내십니다.

클레오파트라 잘 말해주었다.

사자 그리고 시저의 친구로 계십니다.

클레오파트라 넌 정직한 놈이다.

사자 시저와 장군께선 그 어느 때보다 좋은 친구가 되었습니다.

클레오파트라 네게 한 재산 내려주마. 60

사자 하지만, 여왕마마, . . .

클레오파트라 난 "하지만"이라는 말이 싫다. 그 말은

이전의 좋은 것을 망쳐버린다. 빌어먹을 "하지만"!

"하지만"은 괴물 같은 죄인을 끌어내는

간수와 같구나. 여봐라, 65

모든 소식을 송두리째 내 귀에다 부어다오

좋은 소식과 나쁜 소식을 모두 함께. 그가 시저와 친하게

지내고 있다지. 건강하고 자유롭다고 네가 말했지.

사자 자유롭다니요, 여왕님! 아닙니다. 전 그런 보고를 한 적이 없습니다.

장군은 옥타비아에 메여 버렸습니다. 70

클레오파트라 어떤 방식으로?

사자 침대에서 하는 최고의 방식으로.

클레오파트라 차미안, 내가 창백해지는구나.

사자 여왕님, 장군님은 옥타비아님과 결혼해 버렸습니다.

클레오파트라 네놈에게 가장 점염이 잘되는 염병이나 붙어라! 75

사자를 때려눕힌다.

사자 여왕마마, 진정하시옵소서.

클레오파트라 뭐라고 했느냐? 그렇다면,

사자를 다시 때린다.

끔찍한 악당 놈! 내가 네놈의 눈알을 뽑아버리겠다
마치 내 앞에 공처럼, 네놈의 머리카락을 뽑아버리겠다.

사자를 위아래로 거칠게 끌어댄다.

80 네놈을 쇠줄로 후려쳐서, 식초에 담가
오래된 피클 속에서 고통 받게 하겠다.

사자 자비로우신 여왕님,
저는 소식을 가져만 왔지, 그 결혼과는 아무 관련이 없습니다.

85 **클레오파트라** 사실이 아니라고 말해라, 그러면 네게 영지를 주고,
네놈이 재산을 뽐내게 해주겠다. 나를 화나게 해서
네가 얻어맞은 것을 달래 주겠다.
그리고 네 염치로 바랄 수 있는 것보다 나은 선물을
들려서 너를 보내주겠다.

90 **사자** 장군님은 결혼하셨습니다, 여왕마마.
클레오파트라 악당 같은 놈, 네놈은 너무 오래 살았어.

칼을 뽑는다.

사자 안됩니다. 그러면 전 달아나겠습니다.
여왕마마 왜 이러십니까? 전 잘못한 것이 없습니다.

퇴장

차미안 여왕마마, 본성을 찾으십시오.

사자는 죄가 없습니다.   95

클레오파트라 죄 없는 놈들도 몇몇은 벼락을 피하지는 못하는 법이다.

이집트는 나일강 속으로 녹아버려라! 그리고 온순한 짐승들도

모두 독사로 변해라! 그 노예 놈을 다시 불러라.

비록 내가 제정신이 아니지만, 그놈을 물지는 않겠다. 불러들여라.

차미안 그자가 오기를 무서워합니다.   100

클레오파트라 그자를 해치지 않겠다.

차미안 퇴장.

이 손이 고결함을 상실해서, 나보다 비천한 자를

때리는구나, 내 스스로가 원인을 제공했기 때문이야.

차미안, 사자 다시 입장.

이리 오너라,   105

정직하기는 하지만, 나쁜 소식을 가져오는 것이

좋지는 않구나. 좋은 소식은 떠들어대도 되지만,

나쁜 소식은 느껴질 때 스스로 전해지도록 해라.

사자 저는 제 의무를 다했습니다.   110

클레오파트라 그가 결혼했느냐?

네가 다시 "예"라고 대답하면,

난 더 이상이 없을 만큼 너를 미워할 것이다.

사자   그분은 결혼하셨습니다, 여왕님.

115 **클레오파트라**   신들이 네놈을 파멸시키길! 넌 여전히 그 소식을 고집하느냐?

사자   제가 거짓말을 해야 합니까, 여왕님?

클레오파트라   오, 네놈이 거짓말이라도 했으면 좋겠다,

그래서 이집트의 절반이 물에 잠겨서, 비늘 돋친

뱀들의 저수지가 되어라! 가라, 꺼져버려라.

120   네가 나르시스의 얼굴을 가졌다 하더라도, 내겐

네놈이 가장 추한 모습으로 보인다. 그가 결혼했다고?

사자   용서해 주십시오, 여왕마마.

클레오파트라   그분이 결혼을 했다고?

사자   성내지 마십시오, 저는 여왕님을 화나게 하고 싶지 않습니다.

125   여왕님께서 제게 시키신 것 때문에 저를 벌하는 것은

아주 공평치 않아 보입니다. 그분은 옥타비아와 결혼하셨습니다.

클레오파트라   그의 잘못이 너를 악당으로 만들 순 없지,

네가 확실히 관계도 없는데. 물러가거라,

네가 로마에서 가져온 그 물건은

130   모두 내겐 너무 비싸구나.

손에 계속 쥐고 있다가,

네놈과 같이 망해버려라.

사자 퇴장

차미안   제발 여왕마마

고정하시옵소서.

클레오파트라 안토니를 찬양한 반면에, 난 시저를 경멸했지. ¹³⁵

차미안 여러 번 그랬지요, 여왕마마.

클레오파트라 이제 그 대가를 받는구나.

여기서 나를 부축해다오.

기절할 것 같다. 오, 이라스, 차미안! 걱정하지마라.

알렉사스, 저놈에게 가서, 옥타비아의 외모와 나이와 ¹⁴⁰

성격에 대해 물어 보거라. 머리카락 색깔도

빠뜨리지 말고. 빨리 대답을 가져오너라.

알렉사스 퇴장

그분을 영영 보내버리겠어, 그래선 안 돼, 차미안,

한편으론 그가 고르곤처럼 보이기도 하지만,

달리 보면 군신 마르스와 같이 보여. 알렉사스에게 말해라 ¹⁴⁵

마디언에게

그 여자가 얼마나 키가 큰지 알아 오라고.

나를 불쌍히 여겨라, 차미안,

하지만 내게 말하지는 마라. 내 방으로 부축해다오.

퇴장

6장

미세넘 근처

나팔소리. 폼페이, 메나스가 한쪽 문으로
트럼펫과 북소리와 함께 입장.
다른 문으로 옥타비어스 시저, 마크 안토니, 레피더스,
이노바버스, 매시나스가 행진하는 군인들과 입장

폼페이 나는 당신네 인질을 잡고 있고, 당신네도 내 인질을 잡고 있소,

싸우기 전에 이야기를 좀 합시다.

시저 먼저 말로써 협상을 하는 것이

아주 적절하겠소, 그래서 먼저 우리의 의도를

5   적어 보냈던 것이오,

만약 그것을 숙고했다면, 우리에게 알려주시오

그대의 불만에 찬 칼을 거두고, 많은 젊은이들을

시실리로 되돌려 갈 것인지.

아니면 그들 모두는 여기서 몰살할 것이오.

10   **폼페이** 여기에 계신 세 분,

이 대단한 세상의 유일한 원로의원들이시고,

신들의 최고대리자이신 여러분들에게 말합니다,

어째서 내 선친께서 아들과 친구들을 얻은 후에 조차도

복수를 원하시는지 저는 모르겠습니다.

필리파이에서 브루투스가 죽인 줄리우스 시저께서　　　　　15
여러분들이 애쓰시는 것을 보셨습니다.
무엇이 저 창백한 시저가 일을 꾸미게 했습니까?
무엇이 저 영예롭고 정직한 로마인인 브루투스로 하여금
많은 군인들과 조신들과 아름다운 자유와 함께
의사당을 점거하게 했습니까? 그들은 한 인간이　　　　　20
단지 한 사람의 인간이 되기를 원했던 것 말고는
없었지 않습니까? 그게 바로 제가 해군을 준비시킨
이유입니다. 누구 때문에 성난 바다가 거품을 일으키나요,
제가 의도했던 바는 로마를 모욕하는 배은망덕한
무리들을 불태워서 내 고귀한 선친 앞에　　　　　25
내동댕이치는 것입니다.

시저 얼마든지 말씀하시오.

안토니 폼페이, 당신은 함대를 가지고 우리를 겁주지 못해요,
우린 바다에서 당신과 이야기를 나눌 것이오. 육지에선
우리가 당신을 얼마나 압도하는지 알 것이오.　　　　　30

폼페이 육지에선 그렇소,
내 선친의 집에 대해선 당신이 우세하오,
하지만, 뻐꾸기는 자신을 위해 집을 짓지 않기 때문에,
좋으실 대로 거기에 머무시오.

레피더스 이것은 지금 현재의 문제이기 때문에,　　　　　35
우리가 귀하에게 보낸 제안에
대해서 말씀해 주시오.

시저 그게 바로 핵심이오.

안토니 간청하면서 그러지는 않겠지만, 어떤 것이

40 　　　수용하기에 가치가 있는가에 무게를 두시오.

시저 더 큰 이득을 얻고자 하신다면,

　　　이후에 무슨 일이 일어날까요?

폼페이 귀하께선 시실시, 사르디니아에 대해서

　　　내게 제안을 했었소. 그리고 나는

45 　　　모든 해적들을 소탕하고 로마에

　　　일정량의 곡물을 바쳐야 하오. 이것이 합의되면,

　　　우린 싸우지 않고 방패에 흠집을 내지 않고

　　　물러서는 것이지요.

시저, 안토니, 레피더스 그게 우리의 제안이오.

50 **폼페이** 그렇다면, 제가 이 제안을

　　　받아드릴 준비를 해서 여기에 왔다는 것을

　　　귀하께선 아셔야 합니다. 하지만 마크 안토니께선

　　　저를 좀 언짢게 하는군요.

　　　내 입으로 말을 해서 체면이 좀 깎이기는 하지만,

55 　　　시저와 귀하의 동생이 싸울 때,

　　　당신의 모친께선 시실리로 오셔서

　　　환대를 받았다는 것을 아셔야 해요.

안토니 내 그걸 들었소, 폼페이 장군,

　　　그리고 제가 귀하께 빚진 것에 대해

60 　　　심심한 감사를 하리라 생각했었소.

폼페이 장군의 손을 좀 잡아봅시다.

저는 장군을 여기서 만나리라 생각하지 못했소.

안토니 동방의 침대는 부드럽지요, 그리고 제가 의도했던 것

보다 빨리 여기로 저를 불러주셔서 감사합니다.

덕분에 득을 보았습니다.   65

시저 지난번에 뵌 이후로

귀하께 달라진 게 좀 있군요.

폼페이 글쎄요, 저는 잘 모르겠습니다

모진 운수가 내 얼굴에 무슨 짓을 했는지,

하지만 그 운수란 놈이 내 마음을 운명의 노예로   70

만들기 위해 마음속까지는 침범하지는 못할 겁니다.

레피더스 참으로 여기서 잘 만났습니다.

폼페이 나도 그렇습니다, 레피더스, 그러면 우리가 동의를 했으니

우리의 약조를 문서로 만들어서,

서로 조인했으면 합니다.   75

시저 그게 다음에 할 일이군요.

폼페이 우리가 헤어지기 전에 서로에게 연회를 베풉시다,

누가 먼저 할 것인지 제비를 뽑아 봅시다.

안토니 제가 하겠습니다, 폼페이.

폼페이 아니오, 안토니, 제비를 뽑읍시다. 하지만 처음이 되었든   80

나중이 되었든 귀하의 훌륭한 이집트 요리가

명성을 얻겠군요. 줄리우스 시저께서 그곳의 연회로 인해

살이 쪘다는 이야기를 들었습니다.

안토니 많이 들으셨군요.

85 **폼페이** 전 그럴만한 연유가 있습니다, 장군.

안토니 좋게 말씀해 주시는군요.

폼페이 아주 많이 듣긴 했죠.

제가 듣기론 아폴로드로스[18]가 옮긴 게. . .

이노바버스 그건 더 이상 하지 마십시오. 그가 그러긴 했지요.

90 **폼페이** 이야기 좀 해보세요, 뭐라고요?

이노바버스 어떤 여왕을 침대에 있는 시저에게.

폼페이 이제 자넬 알아보겠어. 어떻게 지냈나?

이노바버스 잘 지냈습니다,

그리고 계속 잘 지낼 것 같습니다, 왜냐하면

95 네 번의 잔치가 벌어지니까요.

폼페이 악수나 한 번 하세,

자넬 미워한 적은 없어. 난 자네가 싸우는 걸 본 적이 있지,

그때 난 자네의 그 모습을 부러워했다네.

이노바버스 각하,

100 전 각하를 그렇게 좋아해 본 적은 없습니다만, 칭찬은 했습니다,

그때 각하께선 제가 말했던 것보다 열 배는 더 칭찬을

받으실 만하셨지요.

폼페이 자네의 담백한 성품이 즐겁네,

만약 불행한 일이 자네에게 일어나지 않는다면,

105 난 자네들 모두를 내 배로 초대할 걸세,

---

18. Apollodorus: 그리스의 역사학자로서 『연대기』(*Chronicle*)란 책을 썼다.

먼저 가실까요, 여러분?

모두 길을 좀 안내해 주십시오, 각하.

폼페이 이리 오십시오.

메나스와 이노바버스를 제외하고 모두 퇴장

메나스 [방백] 폼페이시여, 그대의 선친이셨다면 절대로

　　　이런 조약은 만들지 않았을 것이오. 제 생각엔 만난 적이 있지요. 110

이노바버스 바다에서였을 겁니다.

메나스 그렇습니다.

이노바버스 당신은 물에서 아주 잘 싸우셨어요.

메나스 그런 당신은 육지에서.

이노바버스 저는 저를 칭찬하는 사람이면 모두 칭찬합니다, 비록 115

　　　제가 육지에서 이룬 것을

　　　부인할 수는 없지만.

메나스 저도 역시 바다에서 이룬 것을 부인하진 않겠습니다.

이노바버스 예, 자신의 안전을 위해서 당신이 부인할 뭔가는 있지요.

　　　당신은 바다에서 대단한 도적이었습니다. 120

메나스 그런 당신은 육지에서 그랬습니다.

이노바버스 저는 제가 육지에서 한 일을 부인합니다.

　　　하지만 메나스, 우리 악수나 합시다.

　　　만약 우리 눈이 제대로 보고 있다면,

　　　여기서 두 명의 도적이 키스하는 걸 보고 있을 것이오. 125

메나스 모든 사람들의 얼굴은 진실하오,

그들의 손이 뭐든 간에.

이노바버스 하지만 예쁜 여자치고 진실한 얼굴을
가진 사람은 없소.

130 **메나스** 거짓이 아니오. 미녀들은 마음을 훔치니까.

이노바버스 우린 여기에 싸우기 위해 왔었는데.

메나스 저로선, 그게 술판으로 변해버린 게 유감이오.
요즘 폼페이는 자신의 운을 웃음으로
날려버린다니까요.

135 **이노바버스** 만약 확실히 그분이 그러시다면,
다시 울 수도 없는 노릇이죠.

메나스 제대로 말씀하셨습니다. 안토니 장군을 여기서 뵐 줄은 기대치
않았습니다. 말씀해 주세요, 그분이 클레오파트라와 결혼했나요?

이노바버스 시저의 누이로 옥타비아라고 불리는 분이 있어요.

140 **메나스** 사실입니다. 그 여자는 카이우스 마셀러스의 부인이었어요.

이노바버스 하지만 지금은 마커스 안토니
장군의 부인입니다.

메나스 그게 정말 사실입니까?

이노바버스 사실입니다.

145 **메나스** 그렇다면 그와 시저는 영원히 함께 얽혔군요.

이노바버스 지금부터 무슨 일이 일어날지 제가 예언해야 한다면,
저는 그렇게 예언하지 않을 겁니다.

메나스 그 결혼에서 목적이 양가의 사랑이라기보다는
정략적이라는 생각이 드는 군요.

이노바버스 저도 그렇게 생각합니다. 하지만 아시게 되겠지만, 150

그들의 우정을 함께 묶어 놓은 것처럼 보이는 그 매듭은

그들의 친선을 질식시켜 죽이는 바로 그 끈이 될 것이오.

옥타비아는 신앙심이 깊고, 차갑고, 말이 없는 성격이오.

메나스 누가 그런 아내를 원하지 않겠소?

이노바버스 그런 것을 좋아하지 않는 남자도 있지요. 즉, 안토니가 그렇소. 155

그는 다시 그의 이집트 요리에게 되돌아 갈 거요. 그러면

옥타비아의 한숨이 시저의 불길을 부채질할 것이오. 그리고 내가

이전에 말한 것처럼, 그들의 우호를 강화시켰던 바로 그것이

불화의 즉각적인 이유로 될 것이 틀림없소.

안토니는 애정이 있는 곳에 사랑을 쏟아요. 160

그는 단지 여기서 업무상 결혼한 것이오.

메나스 그러면 그게 그런가 보오. 자, 승선해 보시겠습니까?

당신을 위한 건배를 준비했어요.

이노바버스 건배를 받겠습니다. 이집트에서 이 목을 많이

사용해 봤지요. 165

메나스 자, 갑시다.

퇴장

7장

폼페이 전함의 선상. 미세넘 해상.

음악이 울리고, 잔칫상과 함께 두세 명의 하인 입장.

하인 1 그분들이 여기 오실 거네, 그 사람들이 심어둔 작물의
일부는 이미 뿌리가 부실하다네. 세상의 바람이 조금만 불어도
쓰러져 버릴 것이야.

하인 2 레피더스는 얼굴이 온통 붉어졌어.

5   **하인 1** 사람들이 그분께 독한 술을 마시게 권했어.

하인 2 농담으로 서로를 꼬집고 있으면, 그분은
"더 이상 그러지 마시오."라고 소리치며 그 사람들을
화해시켰어요, 그리고 자신은 술을 받아 마셨지.

하인 1 하지만 그게 그와 그의 판단력 사이에 더 큰 갈등을
10   불러 일으켰다네.

하인 2 왜 아니겠어요, 이게 바로 위대한 인물들 가운데 이름을
얹은 경우죠. 난 기꺼이 내게 아무 소용없기는 마찬가지인
갈대를 가지겠어, 내가 들어 올릴 수 없는 창보다는.

하인 1 거대한 천체 속으로 끌려 들어가서 움직이는 것이 보이지
15   않는다는 것은 눈이 있어야 할 자리에 구멍만 있는 것이어서,
안타깝게도 뺨의 모양을 망쳐버리는 셈이지.

나팔신호가 들린다. 시저, 안토니, 레피더스, 폼페이, 아그리파,
매시나스, 이노바버스, 메나스, 그리고 장교들 입장

안토니 [옥타비어스 시저에게] 그들도 이렇게 합니다. 그들은

피라미드에 특정한 눈금을 새겨 나일 강의 흐름을 잽니다.

그 사람들은 수위가 높은지, 낮은지, 평균인지 압니다. 만약

가뭄이나 홍수가 올 경우, 나일 강이 너 높게 범람할수록,   20

더욱 더 풍년을 기약하지요. 강물이 빠지게 되면, 농부들은

진흙에다 질척이며 씨앗을 흩뿌리지요,

그리고 얼마 지나지 않아 수확하게 된답니다.

레피더스 이상한 독사도 거기에 있던데요.

안토니 그렇습니다, 레피더스.   25

레피더스 태양의 영향 때문에 이집트의 뱀은

바로 그 진흙에서 자란다지요.

악어도 마찬가지고요.

안토니 그렇습니다.

폼페이 앉으세요, 그리고 술을! 레피더스에게 건배를!   30

레피더스 상태가 예전 같지는 않습니다만,

마다하지 않겠습니다.

이노바버스 잠에 빠지기기 전엔 그만두시진 않겠죠. 각하께서 그때까지

계속하실까 염려됩니다.

레피더스 확실히 그렇지, 톨레미 왕조의 피라미드가 아주 멋진   35

물건이라고 들었는데, 나도 거기엔 찬성하면서

들었어요.

메나스 [폼페이에게 방백] 폼페이 각하, 드릴 말씀이 있습니다.

폼페이 [메나스에게 방백] 귀에다 대고 말해라.

뭐냐?

40 **메나스** [폼페이에게 방백] 자리에서 일어나십시오, 장군께서

제가 하는 말씀을 한 마디만 들어주십시오.

폼페이 [메나스에게 방백]

잠시만 내버려 두게. 이 술은 레피더스를 위하여!

레피더스 악어가 무엇입니까?

안토니 그건 악어처럼 생겼고, 그건 또 악어 폭만큼 넓고,

45 또 악어처럼 키가 크고,

자신의 신체기관으로 움직입니다. 뭘 먹어야

살고, 일단 먹는 것을 다하면,

배설하게 되죠.

레피더스 색깔은 어떻습니까?

50 **안토니** 원래 악어 색깔이죠, 그 역시.

레피더스 그 이상한 뱀이군요.

안토니 그렇습니다. 그리고 악어의 눈물은 축축합니다.

시저 이런 설명이 레피더스를

만족시킬까요?

55 **안토니** 폼페이께서 그분께 주신 건배를 하고도 아니라면

그는 아주 까다로운 사람이죠.

폼페이 [메나스에게 방백]

뒈져 버려! 내게 그런 말을 해? 꺼져!

내가 말한 대로 해. 내가 주문한 잔은 어디있는거야?

메나스 [폼페이에게 방백]

필요하시다면, 제 말을 들으실 것입니다.

의자에서 일어나십시오.   60

폼페이 [메나스에게 방백]

내 생각엔 자넨 미쳤어.

무슨 일이야?

일어나서 옆으로 걸어 나간다.

메나스 저는 항상 각하의 운명을 위해 왔습니다.

폼페이 자넨 충성스럽게 나를 섬겨왔네.

그 외엔 무슨 말이 있겠나?   65

유쾌하게 지내시게, 여러분들.

안토니 이건 위험한 유사(流砂)입니다, 레피더스,

빠질 수 있으니, 그것에서 멀리 떨어지시오.

메나스 이 세상의 지배자가 되실 것입니까?

폼페이 뭐라고 말하는 건가?   70

메나스 이 모든 세상의 지배자가 되실 겁니까? 두 번째로 말합니다.

폼페이 어떻게 그게 되겠는가?

메나스 단지 기회만 주시면 됩니다,

그리고 각하는 제가 어설프다고 여기시겠지만,

제가 바로 각하께 온 세상을 바칠 그 사람입니다.   75

폼페이 술을 많이 마셨나?

메나스 아닙니다, 폼페이 각하, 저는 술잔에 입도 대지 않았습니다.

감히 되려고 하신다면, 각하는 지상의 신이 될 수 있습니다.

대양의 경계선 안쪽이나 하늘 아래에 있는 뭐든지

80   각하께서 취하시기만 하면, 각하의 것입니다.

폼페이 어떤 방법인지 보여주게.

메나스 세상을 나누어 가진 세 명의 사람들, 이 경쟁자들이

각하의 배에 타고 있습니다. 제가 밧줄을 끊게 해주시면,

우리가 바다로 멀리 떠내려가면 그때 그들을 죽이는 겁니다.

85   그들이 가진 모든 것이 각하의 것이 될 것입니다.

폼페이 아, 자넨 그렇게 실행했어야 했어,

그걸 말하지 말고! 내게는 그게 악행이지만,

자네에겐 그게 충설일 수 있었는데. 자넨 알아야 했어,

내 명예를 구하는 것은 내 이익에 부합하지 않고,

90   그 거꾸로도 되지. 행동을 배반하고 자네가 혀를

놀린 걸 후회하게. 알리지 않고 해치우고,

내가 나중에 그게 잘된 걸 알았더라면 좋았을 텐데,

하지만 이제 그 일을 포기하게. 그만두고 술이나 마시게.

메나스 [방백] 이것으로 인해

95   나는 당신의 한물 간 운명을 더 이상 따르진 않을 것이오.

뭔가를 추구하면서도 그것이 주어졌을 때 차지하지 못하는 자는

더 이상 그것을 발견하지 못할 것이오.

폼페이 이 잔은 레피더스를 위해 건배!

안토니 그분을 육지로 하선시키시오. 그를 위해 제가 건배하겠소, 폼페이.

이노바버스 여기 당신에게 하는 건배가 있소, 메나스! 100

메나스 환영하오, 이노바버스!

폼페이 넘치도록 잔을 채우시오.

이노바버스 저기 힘센 친구가 있구먼, 메나스.

레피더스를 부축해가는 시종을 가리키며

메나스 왜죠?

이노바버스 저놈은 세상의 삼분의 일을 옮기고 있으니, 105

그렇지 않소?

메나스 그러면, 세상의 삼분의 일이 취해 있군. 만약 모두가 저렇다면,

세상이 순조롭게 돌아가겠지!

이노바버스 당신도 마시고, 더 취해 봅시다.

메나스 그럼. 110

폼페이 이건 아직 알렉산드리아와 같은 잔치가 아니야.

안토니 비슷해져 가고 있습니다. 술통을 쳐서 열어, 이보게들?

시저를 위해 건배!

시저 난 이제 술을 삼가야겠소.

내가 술로써 두뇌를 씻을 때는 더욱 더러워지고, 115

그건 끔찍한 일이죠.

안토니 현재의 순간에 따르면 됩니다.

시저 시간을 장악해서, 내가 그 답을 할 것이오.

하지만 한 번에 그렇게 많이 마시기보다는

난 차라리 나흘 동안 금식하는 편이 좋겠소. 120

이노바버스 하, 저의 용감한 황제여!

마크 안토니에게

이제 이집트 식 춤을 추면서
이 술자리를 축하할까요?

폼페이 그렇게 하시게, 용사.

125 **안토니** 이리 와서, 모두 손을 잡읍시다,
강력한 술이 우리의 감각을
부드럽고 섬세한 망각의 강물에
빠뜨려버릴 때까지.

이노바버스 모두 손을 잡으십시오.

130 요란한 음악으로 우리의 귀청을 때려 봅시다.
제가 여러분의 자리를 정해드리는 동안, 소년이 노래할 겁니다.
그러면 모든 사람들은 목청이 감당할 수 있는 한
크게 노래를 하는 것입니다.

음악이 연주된다.
이노바버스는 사람들이 손에 손을 잡게 한다.

노래 자, 그대는 포도주의 제왕,

135 핑크빛 눈을 가진 뚱뚱한 바커스!
당신의 살찐 몸에 우리의 걱정을 묻어두세,
그대의 포도주로 인해 우리 머리엔 면류관이.

세상이 빙빙 돌 때까지 마시세!

세상이 빙빙 돌 때까지 마시세!

시저 더 드시겠소? 폼페이, 잘 주무시오.　　　　　　　　　　　140

형제여,

이제 그만 갔으면 합니다. 우리의 심각한 업무가

이 유흥을 못마땅하게 보는군요. 여러분들, 그만 갑시다,

우리 모두 뺨이 벌겋게 달아오른 게 보이는군요.

힘센 이노바버스도 술보다는 약하군요.　　　　　　　　　　　145

내 말도 이제 꼬입니다. 이런 요란한 가장된 모습이

우리를 모두 광대로 만들었어요. 더 이상 말씀드릴 필요가

있을까요? 잘 주무세요.

안토니, 손을 이리 주시오.

폼페이 해안에서 각하를 만나겠습니다.　　　　　　　　　　　150

안토니 저도 그렇게 하겠습니다, 손을 이리 주십시오.

폼페이 오, 안토니, 장군은 내 선친의 집을 점유하고 있어요,

하지만 뭐가 대숩니까? 우린 친구니까. 자, 보트로 내려가세요.

이노바버스 떨어지지 않도록 조심하십시오.

　　　　　　이노바버스와 메나스를 제외하고 모두 퇴장

메나스, 난 상륙하지 않겠네.　　　　　　　　　　　155

메나스 아니면, 내 선실로 갑시다.

이 북, 이 나팔, 이 피리들! 뭐야 이게!

바다의 신이 우리가 이 대단한 친구들과 요란하게

작별하는 것을 듣게 하셔야지. 음악을 울려라,

160   죽도록 울려라!

북소리와 나팔이 울려 퍼진다

이노바버스 여! 내 모자가 여기 있다네.

메나스 여, 고귀한 용사, 이리 오시게.

퇴장

3막

1장

시리아의 평원

승리한 듯한 모습으로 벤티디어스 입장, 실리어스, 로마군 장교들,
군인들과 함께, 파코러스의 시체를 그의 앞에 내려놓는다.

벤티디어스 이제, 돌진하는 파르티아인들아, 너희들은 박살났다, 이제
운명의 여신이 도와서 내가 마커스 크라수스의 죽음에
복수를 했도다. 왕자의 시체를 우리 병사들
앞에다 메고 가자. 오로디즈 왕인 너희들의 파코르스는

5 마커스 크라수스의 죽음에 이렇게 대가를 지불하노라.
실리어스 훌륭한 벤티디어스,
당신의 칼이 아직도 페르시아의 피로 따뜻한 동안
도망치는 페르시아군을 추격하십시오. 메디아, 메소포타미아,
패배한 놈들이 도망쳐 은신한 곳으로 급히 쳐들어가십시오.

10 그러면 그대의 위대하신 대장 안토니께서
당신을 승리의 전차에 태우고
머리에 화환을 씌워줄 것이오.
벤티디어스 오, 실리어스, 실리어스,
난 충분히 했소, 잘 아시다시피 낮은 직급이 너무 큰

15 행위를 만들 수도 있어요. 실리어스, 이것을 알기 때문에,
우리가 모시는 분이 없을 때 우리의 행위가 너무

유명해지기 보다는 아무것도 하지 않는 편이 나아요.

시저와 안토니는 항상 자신들보다는 부하장교들로 인해

더 많은 것을 얻어왔지. 안토니의 부하였으면서

시리아에서 지금의 내 자리에 있었던 소시우스는   20

매순간마다 이룬 갑작스레 쌓인 명성 때문에

장군의 호의를 잃게 되었지.

전쟁에서 자신의 상관보다 더 많은 것을 한 사람이

그 상관의 상관이 되는 거지. 군인의 덕목인

야심은 자신을 어둡게 하는 승리보다는   25

차라리 패배를 택하지.

나는 안토니 장군에게 이로운 더 많은 공을 세울 수도 있지만,

그게 그분의 기분을 상하게 할 수도 있지, 그러면 그 분노로 인해

내 공적도 사라져 버리지.

실리어스 벤티디어스, 당신은 그게 있어요.   30

그걸 갖지 못한 군인은 자신의 칼과 거의 구분이 되지 못하죠.

당신은 안토니 장군에게 보고서를

보내겠군요!

벤티디어스 난 장군께 전쟁의 마법과 같은 단어인 그분의 이름으로

우리가 무엇을 성취했는지 겸손하게 보고할 것이네.   35

장군의 깃발과 돈을 넉넉히 받은 군인들을 가지고

져 본적이 없었던 파르티아를

우리가 전쟁터에서 물리쳐버렸다고.

실리어스 장군은 지금 어디에 계시오?

40   **벤티디어스** 그분은 아테네로 진군하고 있다네. 바로 그곳으로 가능한 빨리,

우리가 날라야 하는 짐의 무게가 허락하는 한,

우린 장군보다 먼저 도착해야 해요. 거기로 출발, 진군!

퇴장

2장

로마. 시저 저택의 대기실.

아그리파가 한 쪽 문에서 입장하고,
도미티우스 이노바버스가 다른 문으로 입장.

아그리파 뭐야, 형제들이 떠났소?

이노바버스 그분들은 폼페이와 일을 마쳤고, 폼페이는 떠났소.
나머지 세 분은 조인 중이오. 옥타비아는 로마를
떠나게 되어서 울고 있고, 시저는 슬픔에 잠겼소,
메나스가 말하길, 레피더스는 폼페이의 연회 이후로   5
빈혈에 시달리고 있소.

아그리파 레피더스님은 참 고귀하시지요.

이노바버스 참 훌륭하신 분이죠, 오, 그분이 얼마나 시저를 사랑하시는지!

아그리파 아니죠, 그분이 얼마나 끔찍하게 마크 안토니 장군을 사모하시는지!

이노바버스 시저? 그럼, 그분은 사람들 가운데 주피터 신이지.   10

아그리파 안토니 님은 뭐죠? 주피터의 신이죠.

이노바버스 시저에 대해 말씀하십니까? 비교불가의 뛰어난 분이죠!

아그리파 오, 안토니, 오 당신은 아라비아의 새![19]

이노바버스 "시저"라고 부르며 당신은 시저를 찬양하겠지.

---

19. Arabian bird: 아라비아의 새는 불사조(phoenix)를 의미한다.

도를 넘지 마시게.

아그리파 사실 그분은 엄청나게 칭찬해대며 두 분 모두에게 매달렸어요.

이노바버스 그러나 그분은 시저를 가장 사랑하오, 여전히 안토니도 사랑
하지만.

이봐요! 마음도, 말도, 숫자도, 작가도, 가수도, 시인도

안토니를 위한 그의 사랑을 생각하거나,

20 말하거나, 보여주거나, 글로 쓰거나,

노래하거나 숫자로 쓰지는 못해요, 이봐요! 그러나 시저에 관해서는

무릎을 꿇고, 또 무릎을 꿇으며 감탄하게 되죠.

아그리파 그분은 두 분 모두를 사랑합니다.

이노바버스 그분이 딱정벌레라면 두 분은 그 날개가 되죠.

안에서 나팔소리

25 그러면,

이건 말을 타라는 것이오. 잘 계시오, 훌륭하신 아그리파.

아그리파 행운을 비오, 존경하는 군인, 그러면 안녕히.

옥타비어스 시저, 마크 안토니, 레피더스, 그리고 옥타비아 입장

안토니 더 멀리 나오지 마시오.

시저 장군은 나의 크나 큰 일부를 내게서 뺏어가오,

30 잘 보살펴 주시오. 누이, 내 생각에 누이가 될 수 있는,

내게서 가장 먼 사람들도 인정할 수 있는

그런 아내가 되어 주시오. 가장 훌륭하신 안토니,

우리 우정의 결합체로서, 우정을 계속 키워나가기 위해,

우리 둘 사이에 있는 이 미덕의 상징이

우리 우정의 성곽을 두드려 부수는 망치가 35

되지 않도록 합시다. 만약 양쪽에 이것이 소중하지 않다면,

이런 방법을 사용하지 않고 우정을 쌓는 것이

더 나을 것 같소.

안토니 불신을 가지고 나를 화나게

하지 마시오. 40

시저 내 할 말은 다 했소.

안토니 비록 걱정은 되시겠지만,

각하의 염려에 대해 조금의 근거도

찾지 못할 겁니다. 그러니 신께서 각하를 돌보시길,

그리고 로마인들의 진심이 각하가 원하는 바를 45

섬기길 빕니다. 우린 여기서 헤어지는군요!

시저 잘 가시오, 네 사랑하는 누이, 안녕.

세상 모든 게 누이에게 호의적이길, 그리고

누이의 영혼이 평온으로 가득하길! 잘 가세요.

옥타비아 내 훌륭한 동생! [흐느낀다.] 50

안토니 4월이 그녀의 눈 속에 있구나. 사랑의 봄이야,

그리고 사랑을 가져다주는 소낙비가 있어. 기운 차리시오.

옥타비아 내 남편의 집을 잘 돌봐주시오, 그리고 . . .

시저 뭐라고요, 옥타비아?

옥타비아 귀에다 대고 말할게.

안토니 그녀의 혀는 자신의 본심을 따르지 못하고, 본심 또한

혀에게 전달되지 않으니, 거친 파도 위에 서 있는

백조의 솜털 같은 깃털이 어느 쪽으로도 기울지

못하는 것과 같구나.

60 **이노바버스** [아그리파에게 방백] 시저가 울까?

옥타비아 [이노바버스에게 방백] 얼굴에 먹구름이 껴 있는걸.

이노바버스 [아그리파에게 방백] 만약 그가 말(馬)이라면

이런 경우 훨씬 더 심했을 텐데,

인간이기 때문에 이 정도지.

65 **옥타비아** [이노바버스에게 방백] 아니, 이노바버스,

안토니가 줄리우스 시저가 죽었다는 걸 알았을 때,

그는 거의 울부짖듯이 울었지, 그리고 필리파이에서

부루투스가 살해된 것을 알았을 때도 그는 흐느꼈어.

이노바버스 [아그리파에게 방백] 사실 그 해엔 장군이

70 우울병에 시달리고 있었어, 자진해서 끝장내 놓고는

소리 내어 울었지, 나도 역시 울 때까지 그렇게 믿었어.

시저 아니오, 착하신 옥타비아 누이,

누이는 여전히 내가 전하는 소식을 들을 거요, 시간이

지나도 누이를 생각하는 것을 그만두지 않을 거요.

75 **안토니** 자, 자,

내 사랑이 얼마나 강렬한지에 관해 당신과 씨름이라도 할 것이오.

보시오, 여기 내가 당신과 있고, 이처럼 당신을 보내오,

그리고 당신을 신들에게 양보하겠습니다.

시저 안녕히, 행복하시길!

레피더스 모든 별들이 여러분들의 좋은 길에 80

빛을 비추기를!

시저 안녕히, 잘 가시오!

옥타비아에게 키스한다.

안토니 안녕히 계십시오!

트럼펫 소리가 울리고, 퇴장

3장

알렉산드리아. 클레오파트라의 궁전

클레오파트라, 차미안, 이라스, 알렉사스 입장

클레오파트라 그 자는 어디에 있어?

알렉사스 오는 걸 몹시 두려워합니다.

클레오파트라 가라, 가서, 오라고 해라.

이전처럼 사자 입장

알렉사스 훌륭하신 여왕님,

5   여왕님이 기분 좋으실 때가 아니라면,

유대의 헤롯왕이라도 감히 여왕님을 바라보지 못할 겁니다.

클레오파트라 그 헤롯의 목을 내가 원한다.

그러나 안토니가 가버린 이때 내가 누구에게

그렇게 하라고 명령하지?

10   더 가까이 와라.

사자 가장 자비로우신 여왕마마,

클레오파트라 옥타비아를 보았느냐?

사자 예, 경외하는 여왕님.

클레오파트라 어디서?

사자 로마에서입니다, 여왕님.   15

제가 그분의 얼굴을 보았습니다, 그리고 그분이

동생과 안토니 장군 사이에서 안내받는 것을 보았습니다.

클레오파트라 나만큼 키가 크더냐?

사자 그렇지 않습니다, 여왕님.

클레오파트라 그 여자가 말하는 것을 들었느냐? 그 여자는 높은 목소리를

가졌냐 아니면 낮은 목소리를 가졌냐?   20

사자 여왕님, 저는 그분이 말하는 것을 들었습니다. 낮은 목소리였습니다.

클레오파트라 그건 그리 좋은 게 아니다. 안토니는 그 여자를 오래 좋아

할 수가 없어.

차미안 그 여잘 좋아하다니요! 오 아이시스 신이시여! 그건 불가능합니다.

클레오파트라 나도 그렇게 생각한다, 차미안. 둔한 음색에

난쟁이 같아서야!   25

그 여자의 걸음걸이엔 품위가 있더냐? 기억해봐라,

만약 네가 품위란 것을 본 적이 있다면.

사자 기어갑니다.

움직이는 것과 멈추어 있는 게 같아 보였습니다.

활기 있는 게 아니라 차라리 몸뚱이로 보였습니다.   30

숨 쉬는 것보다는 조각상 같아 보였습니다.

클레오파트라 그게 확실하냐?

사자 그렇지 않다면 전 관찰력이 없습니다.

차미안 이집트인 세 사람이라도 이보다 더

보고를 잘할 수는 없습니다.   35

클레오파트라 이 자는 아주 박식하구나,

나도 알아차렸다. 그 여자에겐 별게 없구나.

이 자는 좋은 판단력을 지녔구나.

차미안 훌륭합니다.

40 **클레오파트라** [사자에게] 그 여자는 몇 살이나 되 보이더냐.

사자 여왕마마,

그 여자는 과부인데, . . .

클레오파트라 과부! 차미안, 들어보자.

사자 서른 살 쯤이라고 생각합니다.

클레오파트라 넌 그 여자의 얼굴을 기억에 담고 있느냐?

45 얼굴이 길드냐 둥글더냐?

사자 좀 너무 둥글었습니다.

클레오파트라 대체로 그런 둥근 얼굴을 한 여자들은 멍청하단다.

그 여자의 머리카락은, 무슨 색깔이냐?

사자 갈색입니다, 여왕마마. 그리고 이마는

50 더 바랄 수 없을 만큼 낮았습니다.

클레오파트라 네게 줄 황금이 있다.

넌 앞서 내가 보인 예민함을 나쁘게 받아 들여서는 안 된다.

다시 네게 일거리를 주마, 네가 이 일에 아주

적합한 것 같구나. 가서 대기하고 있어라,

55 내 편지도 준비될 것이다.

사자 퇴장

차미안 쓸 만한 자입니다.

클레오파트라 실제로 그렇구나. 내가 그 자를 너무 심하게 괴롭힌 게

아주 유감스럽구나. 사자에 의하면, 그 여자는

별 게 아니란 생각이 든다.

차미안 아무것도 아니죠, 여왕마마.   60

클레오파트라 그 자는 위엄이라는 것을 보았으니, 위엄이 뭔지 알지 않

겠느냐.

차미안 위엄을 보았다고요? 아이시스 신께 맹세하지만,

그렇게 오랫동안 여왕님을 모셨는데요!

클레오파트라 난 그자에게 한 가지 더 물을 게 있다,

차미안.   65

하지만 상관없다. 네가 그자를 내가 편지를 쓰고 있는 곳으로

데리고 와라. 모든 게 순조롭게 진행될 것 같다.

차미안 확실하다고 제가 보증합니다, 마마.

퇴장

4장

아테네. 마크 안토니 저택의 방.

안토니 아니오, 아니오, 옥타비아, 단지 그것만은 아니오, . . .
그건 너그럽게 봐 줄 수가 있는 것이었소. 그와 유사한
정도가 수천 건이나 있었소, 그러나 그는 폼페이와
새로운 전쟁을 일으켰고, 유언장을 만들었고, 그걸 국민들에게

5 읽어 주었소.
나를 거의 언급도 않고, 내게 존경의 표현을
말해야 할 때에도 그는 차갑고 심드렁하게 내뱉었소,
그는 내게 조금의 명예도 안기지 않았소.
나를 알릴 가장 좋은 때에도,

10 그는 무시했거나, 대충 넘어갔소.
옥타비아 오, 여보,
그걸 전부 믿어서는 안 됩니다. 믿어야만 하신다면,
전혀 언짢아해서는 안 됩니다. 만약 이 일이
사이를 갈라놓는다면, 양쪽을 위해 기도하며,

15 중간에 서 있는 더 이상 불행한 여자는 없을 거예요.
곧 제게로 향하실 훌륭하신 신들이시여,
제가 "오, 제 주인이자 남편을 축복하소서!"라고 기도할 때,
"오, 내 동생을 축복하소서!"라고 소리쳐 울면서
그 기도를 취소하죠. 만약 남편이 이기면, 혹은 동생이 이기면,

그 기도를 빌고 또 파괴하죠. 이 양극단 사이에는   20

중간이 없어요.

안토니 너그러운 옥타비아,

당신의 최고의 사랑을 그 사랑을 지켜주는 곳으로

가게 하시오, 만약 내가 명예를 잃으면,

난 내 자신을 잃는 것이오. 명예가 없이 당신 것이   25

되기보다는 당신 것이 되지 않는 편이 더 나을 것이오.

그러나 당신이 요청한 것처럼, 당신이 중재를 서시오.

한편으론 당신의 동생을 무찌르는

전쟁을 위한 준비를 시작할 것이오. 최대한 서두르시오,

그래서 당신이 소망하는 바를 하시오.   30

옥타비아 당신께 감사드려요.

힘의 조브 신께서 더 없이 약한 저를

중재자로 만드소서! 두 사람 사이의 전쟁은 마치

이 세상이 갈라지는 것과 같아서,

죽은 자들이 그 갈라진 틈을 메울 것입니다.   35

안토니 이 일이 어디서 시작되었는지 명확해 지면,

그쪽으로 비난을 돌려요. 왜냐하면 우리의 잘못이

절대로 같을 수 없기에 당신이 사랑도

우리 둘 사이에서 똑같이 갈 수는 없소. 떠날 준비를 하시오,

당신의 편을 선택하고 결정한 것에

대가를 지불하시오.   40

퇴장

5장

같은 장소. 다른 방

이노바버스와 에로스 입장. 회의

이노바버스 어쩐 일인가, 내 친구 에로스?

에로스 이상한 소식이 있다네.

이노바버스 뭔가?

에로스 시저와 레피더스가 폼페이와

전쟁을 벌였다는군.

이노바버스 오래된 이야기야. 결과는 어떻게 되었어?

에로스 폼페이와의 전쟁에서 레피더스를 이용해 먹은 시저가

그 즉시 그가 자신의 동업자라는 걸 거부해 버렸고, 그가

전쟁의 영광에 참여하지 못하게 했을 뿐만 아니라, 거기서

머물지 않고 폼페이에게 쓴 편지를 가지고 그가 자신을

배신한 것으로 고발했다더군. 시저가 몸소 고발을 해서

그를 체포했고, 불쌍하게 된 그 세상의 삼분의 일은 죽음이

자유를 줄 때까지 붙들린 몸이 되었다지.

이노바버스 그렇다면 세상은 한 쌍의 턱만 가진 셈이군. 그 뿐이야.

그러면 네가 가진 모든 음식을 양쪽 턱 사이에 던지면,

양쪽 턱이 서로 갈아 버리지. 안토니 장군은 어디 계시나?

에로스 장군은 정원에서 산책 중입니다, 이처럼, 앞에 놓인

덤불을 걷어차면서, "바보 같은 레피더스"라고 울부짖었어.

그리고 폼페이를 살해한 장교의 모가지를

위협하고 있어요. 20

이노바버스 우리의 위대한 해군은 준비가 되었네.

에로스 이태리와 시저를 위해. 더 있네, 도미티우스,

장군께선 즉시 자네를 보자시네. 내가 지닌 소식은

나중에 이야기함세.

이노바버스 별일은 아닐 것이오. 25

하지만 두고 봅시다. 안토니 장군에게 안내하시오.

에로스 자, 오시오.

퇴장

6장

로마. 옥타비어스 시저의 저택.

시저, 아그리파, 매시나스 입장.

시저 로마를 모욕하면서, 그는 이 모든 것들과 더 한 짓거리를
알렉산드리아에서 했소. 무슨 짓을 했는지는 이러하오.
시장 통에다 은빛으로 단장한 무대 위에,
황금 의자에 앉은 클레오파트라와 안토니 자신이
₅ 군중들 가운데 옥좌에 앉아, 슬하에 내 부친의 아들[20]이라
그것들이 부르는 시저리언과 그것들 사이의 욕정에서
태어난 모든 부당한 종내기들을 앉혀 놓았어.
그 여자에게 이집트의 지배권을 주었고,
그 년을 시리아 아래지방과
₁₀ 시이프러스, 리디아의
절대 여왕으로 만들어버렸어.
매시나스 그걸 군중들이 보는 데서 말입니까?
시저 그놈들이 경기를 하는 모든 사람들이 보는 장소에서.
거기서 그는 자신의 아들들을 왕들의 왕이라 선포했소.

---

20. my father's son: 옥타비어스 시저는 줄리어스 시저의 양아들인데, 시저리언은 줄
리어스 시저와 클레오파트라 사이에서 태어난 아들인 것으로 알려져 있다.

대(大) 메디아, 파르티아, 그리고 아르메니아를   15
알렉산더에게 주었고, 톨레미에겐
시리아, 실리시아, 그리고 페니키아를 주었고,
여신 아이시스 옷을 입고
그년은 그날 등장했소. 그리고 이전에도 종종 그렇게
손님을 맞았다더군, 보고된 바에 따르면.   20

매시나스 로마가 이것을 알게 합시다.

아그리파 그의 무례함이 역겨운 누구라도
이미 그에 대해 좋게 생각하지는 않을 것이오.

시저 사람들은 그걸 알고 있고, 그의 고발장까지
받았소.   25

아그리파 그가 누구를 고발하고 있습니까?

시저 나 시저요. 시실리에서 섹스터스 폼페이를 결딴내고도
우리가 그의 몫인 섬을 주지 않았다는 것이오.
그리고 그는 내게 배를 빌려주었는데 그것을
내가 돌려주지 않았다고 주장하오.   30
마지막으로 그는 삼두정치의 레피더스가
제거된 후 우리가 그의 재원을 가로채고 있다고
들들 볶고 있소.

아그리파 각하, 이것에는 응답이 있어야만 합니다.

시저 이미 그렇게 했네, 사자가 이미 떠났어.   35
난 안토니에게 레피더스가 너무 잔혹해졌고,
자신의 높은 권위를 남용했으므로,

제거되어 마땅했다고 말했소.

그리고 내가 정복한 것에 대해

그 일부를 그에게 할애한다고 했소.

40

그러나 그다음엔 아르메니아와 그가 정복한

다른 지역에 대해 나도 같은 조건을 요구했소.

매시나스 그는 절대 그것을 양보하지 않을 겁니다.

시저 그러면 우리도 그에게 양보해서는 안 되지.

옥타비아가 그녀의 시종들과 입장

45 **옥타비아** 오, 시저, 나의 황제여, 가장 사랑하는 시저!

시저 제가 누이를 버림받은 사람이라 불러야하다니!

옥타비아 나를 그렇게 부르지 않아도 되요, 그럴 이유가 없어요.

시저 왜 이처럼 몰래 우리에게 오셨소? 누이는 시저의

누이처럼 오지 않았어요. 마크 안토니의 아내는

50

안내원으로 군대를 대동해야 하고, 말 울음소리가

누이가 도착하기 한참 전에 오는 것을 알려야 해요,

길가의 나무에는 사람들이 가득 매달려,

전에 없었던 것을 갈망해 기다리다 기절해야죠,

아니, 수많은 군대가 만든 먼지가

55

하늘 꼭대기까지 피어올랐어야 했어요.

하지만 누이는 시장 통의 여자처럼

로마로 와서 우리의 애정을 화려하게

보여주지도 못하게 했어요,

보여주지 않으면 애정은 종종 없어지게 됩니다.

매 단계마다 환영인파를 더해서   60

우리가 육지와 바다에서 누이를 맞이했어야 했는데.

옥타비아 훌륭하신 황제여,

제가 이렇게 온 것은 억지로 그리된 것은 아니라,

내 스스로의 의지로 그리한 것입니다. 내 남편 마크 안토니께선,

시저가 전쟁을 준비하고 있다는 것을 듣고선, 내게 그 소식을   65

알려 주었답니다. 그래서 저는 돌아갈 수 있도록

남편의 승낙을 간청했답니다.

시저 그가 즉각 그걸 승낙했군요,

왜냐하면 누이는 그의 욕정과 그 사이에 놓인 장애물이었으니까.

옥타비아 그렇게 말하지 마세요, 시저.   70

시저 난 그를 주시하고 있소,

그리고 풍문으로 그의 짓거리들이 내게 전해 오지요.

그는 지금 어디에 있습니까?

옥타비아 아테네에 있어요, 시저.

시저 아니오, 대단히 부당한 대접을 받는 누이여,   75

클레오파트라가 그를 오라고 불렀소.

그는 자신의 제국을 한낱 창녀에게

주어버렸소, 그 작자들은 지금 전쟁을 위해

세상의 왕들을 끌어 모으고 있소,

그는 리비아의 왕 보쿠스, 카파도키아의 왕 아켈라우스,   80

파플라고니아의 왕 필라델포스,

트라키안 왕 아달라스, 아라비아의 말커스 왕,

폰트 왕, 유대의 헤롯,

코마젼의 왕 미트리데이츠,

85 미드와 라이카오니아의 왕 폴레몬과 아민타스,

그리고 여러 국왕들을 집결시켰소.

옥타비아 아, 나는, 너무나 불행해서,

내 마음은 서로 갈등하는

두 친구들 사이에서 찢어졌구나!

90 **시저** 여기에 잘 오셨습니다.

우리가 쳐들어 갈 걸 누이의 편지가 막고 있소,

누이가 얼마나 잘못 대접받았는지,

우리가 얼마나 태만한 위험에 놓였는지

우리가 알 때까지. 기운을 내세요.

95 필요하니까 그럴 수밖에 없는 이 시대를

괴로워하지 마세요, 하지만 정해진 것들은

운명에 맡기시고, 그런 세태를 비통해 하지 마시오.

로마에 오신 걸 환영하오, 제겐 가장 소중하신 누입니다.

누이는 상상할 수 없을 정도로 모욕을 당한 것이오.

100 그리고 누이에게 정의를 행하시는 높으신 신들이 우리와

누이를 사랑하는 사람들을 그 대행자로 만드신 것이오.

편히 쉬세요, 그리고 우린 항상 환영합니다.

아그리파 환영합니다.

매시나스 환영합니다.

모든 로마 사람들의 마음은 부인을 사랑하고 동정합니다.   105
끔찍이도 혐오스러운 간통자 안토니만
부인을 홀대합니다,
그리고 자신의 강력한 군대를 우리와 척을 지며
소란을 일으키는 창부에게 줬답니다.

옥타비아 그렇습니까, 시저?   110

시저 확실합니다, 누이, 잘 왔습니다. 부탁이오니
참으시면 됩니다, 사랑하는 누이!

퇴장

7장

악티움 근처. 안토니의 진영.

클레오파트라와 이노바버스 입장

클레오파트라 난 자네와 함께 있을 것이야, 의심치 말게.

이노바버스 하지만, 왜 그러십니까, 왜죠?

클레오파트라 자네는 이 전쟁에 내가 있는 것에 대해 반대하는 말을 했어,

그리고 그게 적절치 못하다고 말했어.

5 **이노바버스** 아 . . . 그렇습니까?

클레오파트라 자네가 나를 비난하지 않는다면, 왜 우리가 직접

거기에 있을 수 없는가?

이노바버스 그렇다면, 제가 대답을 드릴 수 있습니다.

우리가 수말과 암말을 같이 일을 시키게 되면,

10 그 말은 그냥 소용이 없게 됩니다. 암말들이

병사와 수말을 같이 태울 거니까요.

클레오파트라 말하는 바가 뭔가?

여왕께서 계시면 안토니 장군이 혼란스러워집니다,

빼앗겨서는 안 되는 것을 장군의 마음에서 빼앗고,

15 장군의 머리에서, 시간에서 빼앗습니다. 장군은 이미

경솔하다고 조롱받고 있습니다, 그리고 로마에선

환관인 포티너스와 당신의 시녀들이 이 전쟁을
조종하고 있다고 말들을 합니다.

클레오파트라 로마는 가라앉아버리고, 우리를 나쁘게 말하는

그들의 혀는 썩어버려라! 이 전쟁에서 분담금을 감당하고 있고, 20

내 왕국의 지배자로서 난 전쟁터에 한 사람의 남자로서

나설 것이오. 그것에 대해 반대하는 말을 하지 마시오.

난 뒤에 머물지 않을 것이오.

이노바버스 아닙니다. 전 제 일을 다 했습니다.

황제께서 여기 오십니다. 25

마크 안토니와 캐니디어스 입장

안토니 캐니디어스, 이상하지 않은가,

타렌텀[21]과 브런두시엄[22]을 출발해서

그가 그렇게 신속하게 이오니아 해를 가로질러,

토린을 수중에 넣었다는 것이? 그 소식을 들었는가요?

클레오파트라 게으른 사람들만 민첩함을 30

탄복하는 법이지요.

안토니 좋은 꾸짖음이오,

그 말씀은 태만함을 힐책하기 위해

최고의 성자들에게나 잘 어울릴만하오. 캐니디어스,

우린 해상에서 그와 싸울 것이오. 35

---

21. Tarentum: 지금의 타란토(Taranto)에 해당되는 이태리 남부의 해안도시.
22. Brundusium: 지금의 브린디시(Brindisi)에 해당되는 이태리 남부의 도시.

클레오파트라 해상에서! 그밖에 다른 것은요?

캐니디어스 장군께선

왜 그리하시는 겁니까?

안토니 그놈이 감히 거기서 덤비기 때문이지.

40 **이노바버스** 장군께서도 그에게 일대일로 싸우자고 하셨습니다.

캐니디어스 예, 시저가 폼페이와 싸웠던 파르살리아에서

전투를 하자는 것이었죠. 하지만 자신들에게

유리하지 않은 이런 제안들을 물리쳐버렸지요,

그러니 장군께서 꼭 같이 하셔야 합니다.

45 **이노바버스** 장군의 전함들은 선원들이 잘 갖추어지지 않았습니다,

선원들은 노새꾼들과 농부들과 급하게 징집한 자들입니다,

시저의 함대에는 폼페이와 대항해 자주 싸웠던 자들이 있습니다.

그들의 전함은 날렵하고, 우리의 것은 무겁습니다.

육지에서 전투가 준비되었으므로,

50 바다에서 시저를 거부하는 것이 장군에게

치욕이 되지는 않습니다.

안토니 바다에서, 해전이오.

이노바버스 고귀하신 장군, 그러시면 장군께선 육지에서

장군이 구축한 절대적인 작전을 포기하는 것입니다.

55 전쟁경험이 풍부한 보병들로 대부분 구성된

장군의 군대를 분산시키고,

장군의 명성이 자자한 전략도

사용하지도 않으시고, 확실한 안전을 물리치면서

성공이 보장된 방식을 포기하시고

스스로를 순전히 운에 60

맡기시다니요.

안토니 나는 바다에서 싸울 것이다.

클레오파트라 제게 60척의 전함이 있습니다, 시저가 더 많이 가지고 있

지는 않아요.

안토니 우리의 여분의 선적화물은 불태울 것이오,

그리고 충분히 무장한 나머지 전함들로

악티움 곳에서 65

접근하는 시저를 무찌릅시다. 만약 우리가 실패하면

그때 우리는 육지에서 전투를 할 수 있소.

사자 입장

무슨 용무냐?

사자 장군, 소식이 사실입니다. 시저가 목격되었습니다.

시저는 토린을 점령했습니다. 70

안토니 그가 거기에 직접 나타날 수 있느냐? 그건 불가능해,

그 능력이 참 이상하구나. 캐니디어스,

너는 육지에서 우리의 19개 군단과

일만 이천 명의 기병을 유지하고 있어라. 우린 전함으로 가겠다.

출발하자, 나의 테티스여! 75

병사 입장

어쩐 일이냐, 병사?

병사 오, 고귀하신 황제여, 바다에서는 싸우지 마십시오,
썩은 널빤지 따위는 믿지 마십시오. 저의 칼과
이 상처들을 의심하십니까? 이집트인들과
페니키아인들만 오리처럼 헤엄치라고 하십시오,
우리는 땅에 발을 붙이고, 발을 부딪치는
근접전을 하면서 정복을 계속해 왔습니다.

안토니 자, 자, 물러가라!

안토니, 클레오파트라, 이노바버스 퇴장.

병사 허큘레스에 맹세하지만, 나는 내가 옳다고 생각합니다.

캐니디어스 병사, 자네가 옳아. 하지만 장군의 모든 행동은
논리적 힘에 근거하고 있지 않아. 우리의 지휘관은
지휘를 받고 있고, 우린 여인네들의 남자들이야.

병사 장군은 군단과 기병들을 육지에서
유지하고 계실 거지요?

캐니디어스 마커스 옥타비어스, 마커스 저스테이우스,
퍼블리콜라, 그리고 카엘리우스는 바다로 향하고,
우리는 육지에서 전체 대기한다. 시저 군대의
속도가 예상을 넘어서는구나.

병사 시저가 여전히 로마에 있는 동안
모든 첩자들을 속이면서
그의 군대를 그런 식으로 혼란을 주면서 출병시켰습니다.

캐니디어스 시저의 부관은 누구더냐, 들었느냐?

병사 사람들이 말하길 타우러스라는 사람입니다.

캐니디어스 그 사람을 잘 알지.

사자 입장

사자 황제께서 캐니디어스님을 부르십니다.   100

캐니디어스 소식과 함께 세월이 진통을 하는구나.

매 순간순간마다 더욱 더.

퇴장

8장

악티움 근처의 평원.

시저 타우러스!

타우러스 예, 시저?

시저 육지에서는 공격하지 말고, 그대로 유지해라. 전투를 자극하지 말고,
우리가 해전을 마칠 때까지, 이 명령서의 지침을
어겨서는 안 된다.
우리의 운명은
이 싸움에 달렸다.

퇴장

9장

평원의 다른 곳

마크 안토니와 이노바버스 입장

안토니 언덕의 이쪽 면에 병력을 전개해라,
　　　시저의 전장을 관찰 범위 안에 두어라, 그곳에서
　　　우리는 전함의 숫자를 볼 수 있을 것이야,
　　　그러니 그에 맞게 진행하라.

퇴장

10장

평원의 다른 곳

캐니디어스는 무대를 가로질러 자신의 육군을 행군시킨다,
그리고 시저의 부관 타우러스는 다른 방향으로 행군한다.
그들이 행군한 뒤에, 해상 전투의 소리가 들려온다.

이노바버스 모든 게 끝났다, 끝났어, 글렀어! 난 더 이상 볼 수가 없다.

모든 전함 60척을 지휘하는

이집트 제독 안토니아드가 뱃머리를 돌려 도망가는구나.

그것을 보니 내 눈에 불이 붙는구나.

스카러스 입장

5   **스카러스** 신이여, 여신이시여,

모든 신들이시여!

이노바버스 웬 울화십니까?

스카러스 무지 때문에 세계의 커다란 한 부분을

잃어버렸다, 우리가 왕국과 영토를

10   날려버렸구나.

이노바버스 전투는 어찌되어 가는가?

스카러스 우리 편은 죽음이 확실한 역병에

걸린 것 같습니다. 저 이집트의 늙은 잔소리꾼,

문둥병이나 걸려버려라! 전투가 한창일 때,

전세의 우위가 한 쌍의 쌍둥이처럼 되었을 때,   15

양측이 똑 같았고, 아니면 우리 편이 다소 나았는데,

바람이 불자, 유월의 암소처럼,

돛을 올리고 도망쳤습니다.

이노바버스 내가 그걸 보았다.

그 광경에 내 눈이 아팠고, 더 이상 그 꼴을   20

볼 수가 없었다.

스카러스 일단 여왕이 도망치자,

그 여자의 마술이 망친 그 고귀하신 분 안토니 장군은

돛을 활짝 펴 올리고 사랑에 빠진 청둥오리처럼

절정에 달한 전장을 떠나서 그 여자를 뒤쫓았지요.   25

난 여태 그런 수치스런 행동을 본적이 없소,

경험과 남자다움과 명예를 전에 없이

더럽혀 버렸어요.

이노바버스 이런, 이런!

캐니디어스 입장

캐니디어스 바다에서 우리의 운명은 숨이 다한 것 같고,   30

슬프게도 침몰해 버렸소. 만약 우리의 장군이

자신이 알고 있는 그런 사람이었더라면, 상황이 잘 흘러갔을 텐데.

오, 장군께선 우리 전투의 예를 보여 주셨어,

장군 스스로의 방법으로 가장 끔찍하게.

35 **이노바버스** 예, 당신도 그 근처에 있었소?

그렇다면 이제 안녕이오.

캐니디어스 펠로폰네소스를 향해 도망쳤소.

스카러스 그 곳으로 도망치기는 쉽소. 거기서 나는 이후의

사태를 감당해 보겠소.

40 **캐니디어스** 시저에게 내 군단과 기병을

갖다 바치겠소. 6명의 왕들은 이미

항복하는 방식을 내게 보여 주었소.

이노바버스 나는 여전히 안토니 장군의

상처받은 운명을 따를 것이오, 비록 내 이성은

45 나를 거스르는 역풍을 받고 있지만.

퇴장

11장

알렉산드리아. 클레오파트라의 궁전.

시종들과 함께 마크 안토니 입장

안토니 들어보시오! 땅은 내가 더 이상 그 위를 걷는 것도 원치 않는구려,
나를 받쳐 주기도 부끄러운 거야! 친구들은 이리로 오시오.
난 이 세상에서 완전히 한물 가버려서, 난 영원히
내 길을 잃어버렸어. 난 황금이 가득 실린
배를 가지고 있소, 그걸 나누어 가지고 도망가서   5
시저와 화해를 해라.

모두 도망치다니요! 우린 아닙니다.

안토니 난 내 자신이 도망쳤고, 겁쟁이들에게
도망치며 등을 보이는 시범을 보였어. 동지들, 물러가시오,
난 여러분들이 필요하지 않는 한 방법을   10
결정했소, 그러니 물러가시오.
항구에 있는 내 보물을 가져가시오. 오,
난 내가 쳐다만 봐도 얼굴을 붉히는 것을 쫓아 다녔어.
내 머리카락들조차 반란을 일으키는구나, 왜냐하면 흰 놈이
갈색 놈을 경솔하다고 꾸짖고, 갈색 놈은 흰 놈을   15
겁 많고 사랑노름에 빠졌다고 질책하네. 여보게들, 가시게.
자네들이 쉽게 빠져나가도록 해줄 사람들에게 갈

편지를 자네들에게 주겠네. 제발, 슬픈 표정은 보이지 말고,
더 이상 마다하지도 마라. 내 절망이 웅변하듯 말하는
암시를 알아차리고, 스스로를 버리는 것들은 그대로
남겨 두시오. 바다로 곧장 가시오.
난 자네들이 배와 보물을 가지도록 허락하네.
나를 두고 가시게, 제발, 좀. 부탁하네.
아니, 그렇게 해, 사실 나는 명령권을 잃었기 때문에,
그래서 부탁하네. 자네들을 나중에 다시 볼 걸세.

앉는다.
차미안, 이라스, 에로스의 안내를 받으며 클레오파트라 입장

에로스 아닙니다, 여왕님, 그분께로 가셔서 위로해 드리십시오.

이라스 그렇게 하십시오, 여왕마마.

차미안 그렇게 하십시오! 다른 뭘 하실 수 있겠습니까?

클레오파트라 좀 앉혀다오. 오, 주노 신이시여!

안토니 아니, 아니, 아니, 아니, 아니다.

에로스 보십니까, 장군님?

안토니 오, 제길, 제길, 제기랄.

차미안 여왕님!

이라스 마마, 오 훌륭하신 황후님!

에로스 장군, 장군님, . . .

안토니 그래, 자네, 그래. 그는 필리파이에서 자신의 칼을
무용수처럼 차고만 있었어, 그때 난 빼빼 마른

늙은 캐시우스를 후려쳤지, 그리고 그 미친 부루투스를
끝장 낸 것도 바로 나야. 그놈은 보좌관직만 맡았지,
용맹한 전쟁터에서 실전은 없었어.   40
하지만 이제. . . 아무 상관없이 되었구나.

클레오파트라 아, 곁에 서 있어다오.

에로스 여왕님이십니다, 장군님, 여왕님이십니다.

이라스 장군께 가셔서 말을 거십시오, 여왕마마.
장군께선 치욕으로 제정신이 아니십니다.   45

클레오파트라 그렇다면, 그분을 격려해라. 오!

에로스 훌륭하신 장군님, 일어서십시오. 여왕님이 오고 계십니다.
여왕님의 머리는 기울어졌고, 죽음이 데려 갈 모양샙니다,
하지만 장군님의 위로가 여왕님을 구할 것입니다.

안토니 나는 내 명성을 망쳐버렸다.   50
가장 추하게 망쳐버렸어.

에로스 장군님, 여왕이십니다.

안토니 오, 나를 어디로 끌고 가오, 이집트여? 보시오,
내가 어떻게 당신 눈길로부터 내 치욕을 피하려는지,
내가 남겨 둔 불명예스럽게 망쳐버린 것들을 뒤돌아보면서   55
내가 어떻게 내 치욕을 당신의 눈이 보지 못하게 하는지.

클레오파트라 오, 장군, 장군,
내가 무서워 도망친 것을 용서하시오! 나는 당신이
뒤따라 올 것이라 조금도 생각지 못했어요.

안토니 이집트여, 당신은 너무 잘 알고 있었소   60

내 심장이 당신 배의 키에 밧줄로 묶여져 있는 것을,

그리고 당신이 나를 끌고 갈 것이라는 것을. 내 정신에 대해

당신의 절대적 지배우위를 당신은 알고 있었소, 그리고

신들의 명령으로부터 나온 것 같은 당신의 손짓은

65   나를 지배한다는 걸 당신은 알고 있었소.

클레오파트라   오, 저를 용서해 주세요!

안토니 이젠 나는

그 어린 애에게 겸손한 화친의 전갈을

보내 태도를 낮추어 기면서 어물쩍 넘어가야만 하오,

이 세상의 절반을 내 멋대로 가지고 놀면서

70   다른 이들의 운명을 만들기도 망치기도 했던 내가.

당신이 나를 얼마나 지배했는지, 그리고 애정으로

약해진 내 칼이 어떤 상황에도 그 애정에

순종한다는 것을 당신은 알고 있었소.

75   **클레오파트라**   용서를, 용서해 주세요!

안토니 눈물을 떨구지 말라고 말하지 않소, 그 한 방울은

내가 얻고 잃은 모든 것과 같은 것이오. 키스해 주시오.

이게 내게는 그 빚을 갚은 것이오. 가정교사를 보냈는데,

그가 돌아왔는가? 여보, 납으로 몸이 가득 찬 것 같구려.

80   거기 안에 와인과 요리를 내와라! 운명의 여신이

우리에게 최악의 재난을 주었을 때

우리가 여신을 가장 비웃는다는 걸 여신은 아시지.

퇴장

12장

이집트. 옥타비어스 시저의 진영.

시저, 돌라벨라, 타이리어스가 다른 이들과 함께 입장

시저 안토니로부터 온 그 사람을 들라 하시오.

그 사람을 아시오?

돌라벨라 시저, 그 사람은 안토니의 선생입니다.

그가 여기에 그런 날개 끝 깃털 같은 자를 보낸 것은

그가 절박하다는 것을 증명해 줍니다.   5

몇 달 전만 해도 안토니는 사자로 보낼

왕들을 넘쳐나게 가지고 있었습니다.

마크 안토니의 사자 유프로니우스 입장

시저 가까이 와서 말해 보거라.

유프로니우스 저 같은 사람이 안토니 장군이 보내서 왔습니다.

그분이 거대한 바다라면   10

저는 잎사귀 위의 아침이슬처럼

그분의 목적에 최근까지 초라한 사람이었습니다.

시저 그렇다 치고, 너의 용무를 말해 보아라.

유프로니우스 장군께선 각하를 운명의 주인이라 경의를 표하십니다. 그리고

이집트에 살게 해 주길 바라십니다. 만약 그게 허락되지

않을 경우, 기꺼이 더 적게 요청하시길, 아테네의

일개 개인으로서 하늘과 땅 사이에서 숨만 쉴 수 있게 해 주기를

간청하십니다. 이것이 안토니 장군을 위한 조건입니다.

다음으로, 클레오파트라 여왕님은 각하의 위대함을 인정하시고,

각하의 힘에 자신을 바치십니다.

그리고 자신의 상속자로서 톨레미 왕가가 될 수 있도록

각하의 관대함을 간청하십니다.

시저   안토니에 대해서

나는 그의 청을 고려할 수 없다. 여왕에 대한 접견은

마다하지 않겠다, 만약 이집트에서 여왕의 아주 수치스런

친구를 몰아내거나 죽일 경우에. 만약 여왕이

이 일을 하게 되면, 여왕은 자신이 원하는 바를

듣게 될 것이오. 그 두 사람에게 전하시오.

유프로니우스   각하께 행운을 빕니다!

시저   군단을 가로질러 그가 가게 해라.

유프로니우스 퇴장
타이리어스에게

이제 너의 웅변술을 시험해 볼 때다.

서둘러라.

안토니로부터 우리가 클레오파트라를 손에 넣을 것이야.

우리의 이름으로 그 여자가 원하는 걸 약속해 주게, 거기다

네가 생각하는 어떤 제안이든 더해서. 여자들은 35

운발이 최고일 때도 강하지 못하거든, 곤란한 처지는

순결한 처녀도 망치게 되지. 너의 꾀를 시험해 봐라, 타이리어스,

네가 하는 일을 위해 네 스스로 칙령을 만들어 봐,

우린 그걸 하나의 법으로 취급할 테니.

타이리어스 시저, 출발하겠습니다. 40

시저 안토니가 어떻게 자신의 결점에 어울리는지,

그리고 그의 모든 행위에서 그의 행동이

무엇을 말하는지 살펴보아라.

타이리어스 시저, 그리하겠습니다.

퇴장

13장

알렉산드리아. 클레오파트라의 궁전.

클레오파트라, 이노바버스, 차미안, 이라스 입장

클레오파트라 우리가 뭘 해야 하죠, 이노바버스?

이노바버스 생각하다 죽는 거죠.

클레오파트라 누구의 잘못이냐, 안토니냐 아니면 우리냐?

이노바버스 오직 안토니 장군의 잘못이죠, 감성이 이성을
지배하게 했으니까요. 여러 가지가 서로를 놀라게 하는
전쟁의 난리로부터 여왕께서 도망치신다 하더라도,
왜 안토니 장군은 따라 도망해야 했을까요?
세상의 절반과 절반이 부딪히는 그런 순간에
그의 애정으로 인해 지휘력이 손상되어선 안 되죠,
명백한 문제는 자신의 해군을 멀뚱히 내버려두고
여왕의 깃발을 뒤쫓아 가는 것이,
전쟁에서 진 것보다
더한 치욕입니다.

클레오파트라 제발, 그만해라.

유프로니우스와 함께 안토니 입장

안토니 그게 그의 대답이냐? 15

유프로니우스 예, 장군님.

안토니 만약 여왕이 우리를 넘겨주게 되면,

여왕은 대접을 받게 되겠지.

유프로니우스 그렇게 말했습니다.

안토니 여왕이 그 내용을 알게 해라. 20

어린 시저에게 이 반백이 된 머리를 보내라,

그러면 시저는 다스릴 땅으로

너의 소망을 한껏 채워줄 것이다.

클레오파트라 그 머리를요, 여보?

안토니 다시 시저에게 전해라. 시저는 젊음의 꽃봉오리가 25

피는 시절이니, 세상은 거기서 뭔가 특별한 것을

기대하지. 그의 돈, 전함, 군대는 겁쟁이라도

사용할 수는 있지, 그의 각료들은 시저의 지휘 하에서

뿐만 아니라 어린 애의 지휘를 받아도 승리하겠지.

그러니 그의 화려한 장군들은 치워 두고, 30

내가 그에게 도전하니, 쇠락한 내게 답을 하라고,

우리 둘만 서로 칼을 들고.

내가 편지를 쓸 테니,

나를 따라 오시오.

이노바버스 [방백] 그래, 전투에 승리한 시저가 자신의 행복을 35

공포하지도 않고 검투사를 상대로 하는

구경거리에 퍽이나 참가하겠다! 인간의 판단력은

단지 자신들의 운명의 일부야, 그리고 겉으로 드러나는 것은

그 내면적 특질을 이끌어 내는데, 왜냐하면

40   그 둘 모두 비슷하게 고통을 받기 때문이지.

모든 방책을 아는 절정의 시저가 그의 공허한 제안에

응답하리라고 꿈꾸다니! 시저, 너는 안토니의 판단력도

정복해 버렸구나.

시종   시저에게서 온 사신이 왔습니다.

45 **클레오파트라**   뭐야, 더 이상의 예법은 없느냐? 얘들아, 보거라!

꽃봉오리에게 무릎을 꿇었던 저들이

만개해버린 장미에 대고는 코를 막는구나. 들라고 해라.

시종 퇴장

이노바버스   [방백] 나의 정직함과 내 자신이 싸우길 시작하는구나.

바보에게 받친 충성은 충성심을

50   멍청함으로 만들어 버리지. 그러나 쇠락한 주군을

충성스럽게 따를 수 있는 자는 자신의 주군을

정복한 사람들을 정복한 것이고

역사에서 한 자리를 차지하는 것이지.

타이리어스 입장

클레오파트라   시저의 의도는?

55 **타이리어스**   개별적으로 말씀드리겠습니다.

클레오파트라 친구가 아닌 사람은 없으니 터놓고 이야기하시오.

타이리어스 그러시다면, 아마도 저 사람들도 안토니 장군의 친구일 테죠.

이노바버스 안토니 장군도 시저만큼이나 많은 친구들을 필요로 하죠,
아니라면 우리를 필요로 하지 않죠. 만약 시저가 원하신다면,
우리 주인께선 친구에게 날듯이 달려갈 겁니다, 아시다시피,   60
우리는 주인님의 친구와 친구가 될 것입니다, 그건 즉, 시저죠.

타이리어스 그래요.
그러시다면, 명성이 자자한 여왕께선 그분이 시저라는 것
이상으로는 생각하지 마시라고,
시저께서 간청하십니다.   65

클레오파트라 계속해 보시오, 황제다운 말씀이요.

타이리어스 여왕께선 사랑해서가 아니라 두려워서
안토니 장군과 함께하시는 것이라 시저께선 알고 있습니다.

클레오파트라 오!

타이리어스 그래서 여왕님의 명예에 대한 상처를 시저께선   70
동정하십니다, 그것은 강요된 결점이지
여왕께서 마땅히 감내해야 하는 것이 아니라고.

클레오파트라 시저는 신이시오, 무엇이 가장 올바른 것인지
아시오. 내 명예는 내가 갖다 바친 것이 아니라,
단지 정복당한 것이라오.   75

이노바버스 [방백] 그게 확실한 것인지,
안토니 장군에게 물어 보겠소. 장군께선 이렇게 침몰하고 있으니,
우리는 침몰하는 배에서 장군을 떠나야 하오, 왜냐하면

장군이 가장 사랑하는 사람들도 장군을 버리니까요.

퇴장

80 **타이리어스** 여왕께서 시저에게 요구하시는 것을

시저께 전할까요? 시저께선 여왕께서 요구하시길

바라십니다. 시저의 행운을 여왕께서 기대는 지팡이로

삼으신다면 시저께선 대단히 기뻐하실 겁니다.

그러나 여왕께서 안토니를 떠나 온 세상의 주인이신

85 시저의 보호 하에 자신을 두겠다는 소식을

제가 전한다면 시저의 마음이

훈훈해질 것입니다.

클레오파트라 당신의 이름은 무엇이오?

타이리어스 제 이름은 타이리어스입니다.

90 **클레오파트라** 대단히 친절한 사자로구나,

이것을 위대하신 시저에게 전하시오. 보답으로

제가 시저의 정복하는 손에 키스한다고. 전하시오,

나는 시저의 발아래에 내 왕관을 내려놓고 거기에

무릎을 꿇을 준비가 되어있다고. 시저께 전하시오

만물이 복종하는 시저의 숨결에서 나오는

95 말씀으로부터 이집트의 운명을 듣겠노라고.

타이리어스 그건 가장 훌륭한 선택이십니다.

지혜와 운명이 함께 싸우는데,

만약 지혜가 단지 최선을 다해 덤비면,

그 어떤 운명도 지혜를 흔들 수 없습니다, 여왕의 손에

존경을 표하도록 허락해 주십시오.   100

클레오파트라 당신네 시저의 선친도

왕국을 병합을 구상하실 때

종종 바로 이 보잘 것 없는 곳에다 입술을

마치 비를 내리듯 퍼부었지.

마크 안토니와 이노바버스 다시 입장

안토니 천둥을 때리는 조브 신께 맹세하지만, 호의를 베풀다니!   105

자넨 누군가?

타이리어스 가장 충만하고

훌륭하신 분의 명령을

단지 수행만하는 사람입니다.

이노바버스 [방백] 넌 회초리를 맞을 것이야.   110

안토니 거기, 이리 오거라! 넌 사기꾼이야!

신이여, 악마여!

권위가 내게서 녹아 없어지는구나. 최근까지 내가 "여"라고

외치면, 야단법석들 달려드는 아이들처럼, 왕들이 몰려와

아우성치며, "무엇을 원하십니까?"라고 대답했지. 귀가 먹었느냐? 115

난 여전히 안토니다.

시종들 등장

이놈을 끌고 가서 때려줘라.

이노바버스 [방백] 죽어가는 늙은 것보다는

새끼 사자와 노는 것이 낫지.

120　**안토니** 달과 별들이여!

그놈을 매질해라. 시저에게 머리를 조아리며

공물을 바쳤던 스무 명의 지도자라고 하더라도,

그놈들이 이 여자의 손을 가지고 집적대는 걸 본다면,

이 여자의 이름이 뭐야, 전에는 클레오파트라였던가?

125　이놈을 때려줘라 아이처럼 이놈이 자비를 베풀어 달라고

울려 아이처럼 굽실거리고 움츠리는 걸 볼 때까지.

이놈을 여기서 끌고 가라.

타이리어스 마크 안토니!

안토니 이놈을 끌고 가라. 이놈을 매질한 후에

130　다시 끌고 오거라. 이 시저의 바보 놈이

시저에게 심부름을 하게 될 것이다.

　　　　　하인들이 타이리어스를 끌고 퇴장한다.

내가 당신을 알기 전에 당신은 반쯤 엉망이 된 여자였다,

하?

내가 로마에 베고 자지도 않은 베개를 두고

135　보석과 같은 여자에게서 적자를 보는 것을 하지도 않고,

여자를 후리는 놈들에게 눈길을 주는 년에게

농락당하다니!

클레오파트라 여보—

안토니 당신은 그간 쭉 우물쭈물한 사람이었어,

그러나 우리가 악행을 행하면서 점차 구제불능이 되면,   140

오, 그것은 비참한 일이야! 현명하신 신들이 우리의 눈을 가리고,

우리 자신의 추잡함 속에 우리의 명료한 판단력을 던져버리고,

우리의 실수를 우리가 숭배케 하고, 우리가 혼돈으로 나아가는 동안

그걸 비웃으시지.

클레오파트라 오, 이렇게까지 하십니까?   145

안토니 네가 죽은 시저의 접시에 놓인 식어버린 음식

한 조각이었던 때 난 널 봤어. 아니지, 넌 폼페이가

먹다 버린 찌꺼기였어, 추잡한 평판에 언급도 되지 않은

난잡한 시간을 제외하더라도, 넌 넘치도록 그런 시간을

보냈어. 비록 절제라는 것이 뭔지 짐작이야 할 수 있겠지만,   150

당신은 진짜로 그게 뭔지 알지 못할 거라

내 확신하기 때문이오.

클레오파트라 왜 이러십니까?

안토니 보상을 받게 되고 "신께서 당신께 보답하리"라는

말을 한 놈에게 나의 장남감인 그 손을   155

친밀하게 내 주다니, 이 제왕의 인장이자

고귀한 진심의 맹세를! 오, 만약 내가 배이산 언덕[23]에

올라 뿔 달린 짐승처럼 크게 소리칠 수 있었더라면!

---

23. the hill of Basan: 성서의 성스러운 땅에 등장하는 지역으로 오늘날 요르단 강 북
동쪽에 위치하는 것으로 알려져 있다.

난 끔찍한 이유가 있기 때문에
160 예의를 갖춰 말하는 것은 교수형을 받은 자가
목메는 집행자에게 밧줄을 목에다 꽉 둘러줘서
고맙다고 하는 것과 같지.

　　　　　타이리어스를 데리고 시종들 다시 입장

그놈이 매질을 당했느냐?
시종 1 예, 확실하게 했습니다.
165 **안토니** 그놈이 울었느냐? 그리고 용서를 빌었느냐?
시종 1 잘 봐달라고 간청했습니다.
안토니 만약 니 애비가 살아있다면, 네놈이 딸로
태어나지 못한 것을 후회하게 해라. 그리고
시저가 개선할 때 그를 따랐던 것을 유감스러워 해라,
170 왜냐하면 그를 따랐기 때문에 넌 매를 맞는 것이다.
이제부턴
여자의 흰 손이 네놈을 학질에 걸리게 만들어서,
그 손을 보기만 해도 네놈을 떨리게 할 거다. 시저에게 돌아가서,
네놈이 어떤 대접을 받았는지 말해라. 보면서 네가 말해라
175 시저가 나를 화나게 한다고, 왜냐하면 시저는 과거에
그가 알았던 내가 아니라 현재의 나를 되씹으며
오만하고 경멸하는 것 같구나. 그가 나를 화나게 해.
지금이 그렇게 하기엔 아주 쉽지,
나를 이전에 인도했던 내 좋은 별들이

이젠 그 궤도를 떠나 텅 비어버렸고, 그 불꽃을   180
지옥의 심연으로 쏘아버렸구나. 만약 시저가
내 연설과 내가 행한 것을 싫어하면, 내가 석방한
노예 히파커스를 그가 데리고 있으니, 그놈을
마음대로 때리든, 목을 매달든, 고문을 하든
내게 복수하기 위해 좋을 대로 하라고 해라.   185
매 맞은 상처를 그대로 가지고 떠나라, 물러가라!

타이리어스 퇴장

클레오파트라 아직 끝나지 않았습니까?

안토니 이런, 우리들 세상의 달이 이젠 가려져 버렸구나,
  그리고 그건 안토니의 몰락을 예언하는 것이지!

클레오파트라 난 그와 시간을 함께 해야만 하겠다.   190

안토니 시저에게 아첨하기 위해 그놈을 모시는
  놈과 눈길을 주고받다니?

클레오파트라 아직도 저를 모르세요?

안토니 나를 향한 냉정한 마음 말이요?

클레오파트라 오, 여보, 만약 내가 그렇다면,   195
  하늘이 나의 차가운 마음으로부터 우박을 만들어,
  그 마음을 그 근본에서부터 독살하고,
  우박의 첫 번째 돌덩이가 내 목에 떨어지게 해서
  내 목숨을 앗아가게 하소서! 다음으론 세자리언도
  쳐서 죽이시오! 나의 용감한 이집트인들 모두와 함께,   200

조금씩 내 자궁에 대한 기억이 이 우박 폭풍으로
산산조각 나서 나일 강의 파리 떼와 각다귀 떼가
먹어 치우려 뒤덮을 때까지
무덤도 없이 팽개쳐 두시오!

205 **안토니** 그만 됐소.
시저는 알렉산드리아에 자리 잡고 있소, 거기서
그놈에게 대항할 거요. 우리의 육군은
잘 해오고 있소, 흩어진 우리 해군 역시
다시 집결해서 위협적인 전력이 되고 있소.

210 어디에 있었소,
내 말은 듣고 있소?
이 입술에 키스하기 위해 내가 전쟁터에서
다시 돌아오게 되면, 피에 젖어 있을 거요.
나는 내 칼로 역사에 자리매김할 것이오.

215 아직 희망은 있소.

클레오파트라 이게 바로 내 용감한 낭군이지!

안토니 난 세 겹의 근육과 심장과 호흡을 가지고
악랄하게 싸울 것이오. 내 인생이
편안하고 운이 좋았을 땐, 사람들이 재미로

220 나와 싸웠지만, 이제 난 이를 갈면서
내게 덤비는 모든 놈들을 지옥으로 보내버리겠어.
자, 다시 한 번 멋진 밤을 즐겨보자.
의기소침한 모든 장교들을 불러서, 다시 잔을

채워봅시다. 한밤의 종소리를 비웃으며 마셔봅시다.

클레오파트라 오늘은 내 생일입니다.

생일을 초라하게 지낼 거라 생각했는데, 당신이

다시 안토니가 되었으니, 저도 클레오파트라가 되겠어요.

안토니 우린 여전히 잘할 수 있소.

클레오파트라 모든 훌륭하신 장교들을 장군께 호출하시오.

안토니 그렇게 하시오. 그들에게 말하겠소, 오늘밤에

그들의 상처에서 술이 나오도록 하겠다. 자 오시오,

여왕, 여전히 활기가 넘치는구나.

다음에 싸울 땐, 죽음도 나를 사랑하도록 만들겠다,

왜냐하면 난 죽음의 역병의 큰 칼과

겨루어 볼 것이다.

225

230

235

이노바버스만 제외하고 모두 퇴장

이노바버스 이제 장군은 번갯불보다 더 번쩍이는군. 격노하는 것은

두려워서 놀라는 것이지, 그리고 그런 분위기에선

비둘기도 매를 쪼게 될 것이야, 그리고 우리 장군의

뇌가 줄어드니 배짱이 회복되는 것이라 생각해.

용기가 지략을 압도하면, 그 용기가 자기가 들고 싸우는

칼을 집어삼키게 되지. 장군을 떠날 방법을

찾아 봐야겠어.

240

퇴장

4막

1장

알렉산드리아 앞. 시저의 진영.

시저, 아그리파, 매시나스가 군대와 입장.
시저는 편지를 읽고 있다.

시저 그자는 나를 애송이라고 부르고 마치 나를 이집트에서
내쫓을 힘이라도 있는 냥 꾸짖지. 그자는 내 사자를
회초리로 때렸고, 시저와 안토니가 일대일로 싸우자고
내게 도전을 했어.

5 그 늙은 악당이 죽는 데는 여러 방법이 있다는 것을
알려줘야겠어. 그동안 난 그의 도전을
비웃어주겠어.

매시나스 시저께선 생각하셔야 합니다,
그렇게 대단한 사람이 분노하기 시작하면,

10 몰락할 때까지 쫓기게 마련이죠. 숨 쉴 틈도
주지 마시고, 그의 혼란을 이용하십시오. 분노로는
스스로를 지켜낼 수가 없습니다.

시저 우리의 최정예 병사들에게 알리시오
내일이 수많은 전투 중에서 우리가 싸워야 하는

15 마지막이라고. 우리 병사들 중에 최근까지

안토니를 따랐던 사람들 있소. 그들 중 안토니를
잡아 올 자들이 충분히 있소. 되었는지 봅시다.
군대를 잘 먹이시오, 우린 그럴 보급품이 쌓여 있소,
그리고 병사들은 잔치를 받을 만하오. 불쌍한 안토니!

퇴장

2장

알렉산드리아. 클레오파트라의 궁전.

안토니, 클레오파트라, 이노바버스, 차미안, 이라스, 알렉사스,
그리고 다른 사람들 입장

안토니 그가 나와 싸우지 않을까, 도미티우어스?

이노바버스 그러지 않을 겁니다.

안토니 왜 그러지 않을까?

이노바버스 그의 운이 스무 배는 더 낫기 때문에,

5 　　자신이 한 사람에 대항하는 스무 명이라고 생각합니다.

안토니 병사들이여, 내일 나는

　　육지와 바다에서 싸울 것이오. 네가 살든지,

　　아니면 피로써 내 죽어가는 명예를 씻어서

　　명예를 다시 살릴 것이오. 다들 잘 싸워 주겠지?

10 **이노바버스** 모든 것을 걸라고 명령을 할 것입니다.

안토니 잘 말했어, 이리 오시오.

　　내 하인들을 불러 주게나. 오늘 밤은

　　거나하게 먹어보세.

서너 명의 하인들 입장

내게 손을 줘 보시오,

자넨 올바르게 정직했어, 자네도 그렇고,   15

자네도, 자네도, 그리고 자네도, 자네들은 나를 잘 섬겼네,

그리고 여러 왕들이 자네들의 동료였었지.

클레오파트라 [이노바버스에게 방백] 왜 이러시는 거죠?

이노바버스 [클레오파트라에게 방백] 그건 마음에서 슬픔이   20

끄집어 낸 이상한 농담입니다.

안토니 그리고 자네도 정직했어.

난 내가 여러 명으로 만들어졌으면 좋겠어,

그리고 여러분 모두가 하나로 합쳐서

한 명의 안토니가 되었으면 해, 그러면 그대들이   25

한 것처럼 내가 자네들에게 봉사할 수 있을 건데.

일동 신께서 그러시지 않기를!

안토니 자, 내 훌륭한 동지들, 오늘 밤은 내 시중을 들어주시게.

내 잔을 계속 채워주고, 내 제국이 자네들의 것이었고,

내 명령 하에 있었을 때처럼   30

나를 그렇게 대해다오.

클레오파트라 [이노바버스에게 방백] 무슨 말씀이신가?

이노바버스 [클레오파트라에게 방백] 자신의 병사들을 울게 만들려는 것이죠.

안토니 오늘밤 나를 시중들어라.

여러분들의 마지막 충성이 되겠지.   35

아마도 자네들은 나를 다시 보지 못할 것이야,

보게 되더라도 그건 단지 조각난 그림자일 뿐이지.

아마 내일 자네들은 다른 주인을 섬길 거야. 나는

작별을 맞이하는 자네들을 보고 있다네.

40   내 정직한 친구들, 난 자네들을 밀어내진 않겠네,

하지만 자네들의 훌륭한 충성과 혼인한 주인처럼.

오늘밤 두 시간 동안 나를 섬겨주게, 더 이상 바라지

않겠네. 그리고 신께서 자네들에게 그에 대한 보답을

내리시길!

45   **이노바버스** 이 무슨 말씀이십니까, 장군님,

사람들을 이처럼 불편하게 하시다니요? 보십시오,

울고 있습니다. 그리고 바보같이 저도 눈에 눈물이

납니다. 창피스럽게 저희를 여자들로 만들지 말아주십시오.

안토니 여, 여, 이봐!

50   만약 내가 그럴 의도였다면, 지금 마녀가 나를 잡아가게 해!

눈물이 떨어지는 곳에 축복이 자라길!

내 억센 친구들이여,

자네들은 나를 너무 슬프게 받아들이네,

나는 자네들이 편하게 하려고 말하는 것이니,

55   횃불로 이 밤을 밝혀보세. 친구들이여, 내일

괜찮기를 바란다는 걸 알아, 그리고 죽음과 명예보다는

승리에 찬 삶이 기대되는 속으로 자네들을 인도하겠네.

만찬장으로 가세, 자, 걱정은 술에 익사시켜 버리자고.

퇴장

3장

같은 장소. 궁전 앞.

두 명의 병사가 경계초소로 입장

병사 1 형제여, 안녕. 내일이 바로 그날이네.

병사 2 어떤 식으로든 결정이 날거야, 잘 가시게.

거리에 떠도는 이상한 소문을 듣지 못했나?

병사 1 아무것도, 무슨 소식을?

병사 2 아마도 소문일 뿐인 것 같아. 안녕히.   5

병사 1 그러면, 안녕히.

두 명의 병사 입장

병사 2 여보게들, 조심해서 경계를 서게.

병사 3 그리고 자네도, 안녕, 좋은 밤 되시게.

무대 귀퉁이 모두 병사들이 선다.

병사 2 여기서 우리가, 만약 내일

우리 해군이 성공한다면, 확실한 희망이 있고   10

우리의 육군이 일어서게 될 거야.

무대 아래에서 피리 소리가 들린다.

병사 4 조용히! 무슨 시끄러운 소리야?

병사 1 가만히 있게! 가만히!

15 **병사 2** 들어봐!

병사 1 공중에서 음악소리가.

병사 3 땅 밑에서.

병사 4 좋은 징조지, 그렇지 않아?

병사 3 아니.

20 **병사 1** 조용히, 내가 그랬잖아! 이게 뭘 의미하지?

병사 2 안토니 장군께서 사랑했던 허큘레스 신이

이제 장군을 떠나는 것이지.

병사 1 걸어 가보세, 다른 경비병들도 우리가 들은 것을

들었는지 알아보세.

25 **병사 2** 어떤가, 여보게들?

일동 [목소리를 합해] 어떠신가!

뭐야? 이 소리를 듣고 있나?

병사 1 그래, 이상하지 않은가?

병사 3 듣고 있나, 여보게? 듣고 있어?

병사 1 우리가 할 수 있는 한 이 소리를 따라가 보세,

30 어디서 나는지 알아보자고.

모두 찬성이야. 이상하지.

퇴장

4장

같은 장소. 궁전의 한 방.

안토니, 클레오파트라, 차미안, 그리고 다른 시종들 입장

안토니 에로스! 내 갑옷을 갖다 주게, 에로스!

클레오파트라 조금만 주무세요.

안토니 아니오, 여보. 에로스, 자, 내 갑옷, 에로스!

갑옷을 가지고 에로스 입장

자, 이리와 내 갑옷을 입혀주게.

오늘 행운이 우리 것이 아니라면, 그건 우리가   5

행운에 맞서기 때문이야. 자.

클레오파트라 안되지, 나도 돕겠소.

이건 뭐하는 거죠?

안토니 아, 그냥 두시오, 그냥 두라니까! 당신은

내 마음의 갑옷이오. 아냐, 아냐, 이것, 이것.   10

클레오파트라 알겠어요, 이제 제가 도와 드리죠. 이게 이렇게

되어야만 하는 거죠.

안토니 이거 참, 이거 참,

이제 성공할 거요. 여보게, 알겠는가?

가서 자네의 갑옷을 입게.

15 **에로스** 서두르겠습니다, 장군님.

클레오파트라 이건 잘 조여졌나요?

안토니 희한할 정도로 잘 됐소.

휴식을 하기 위해 우리가 죔쇠를 풀 때까지,

이 죔쇠를 푸는 놈은 호통을 듣게 될 거요.

20 자네 서투르구먼, 에로스, 내 여왕의 시종이

자네보다 더 잘 할 걸세. 신속히 하세. 오, 내 사랑,

당신이 오늘 나의 전투를 볼 수 있고, 멋진

솜씨를 알게 된다면, 거기서 장인의 솜씨를

보게 될 거요.

무장한 병사 입장

25 좋은 아침이야, 자네. 어서 와,

자넨 전쟁하는 요령을 아는 병사처럼 보이는군.

우리가 좋아하는 일을 하기 위해 일찍 일어나서

기쁨을 가지고 그 일에게 가지.

병사 천명의 병사가

30 이른 아침이기는 하지만, 갑옷을 입고

항구에서 장군을 기다리고 있습니다.

고함소리. 나팔소리가 울린다.
장교들과 병사들 입장

장교 아침 날씨가 좋습니다. 안녕하십니까, 장군님.

일동 좋은 아침입니다, 장군님.

안토니 날씨가 한창이구나, 제군들.

오늘 아침은 자신을 위해 이름을 알리고자 하는   35

젊은이의 정신 같구나.

그래, 그래, 자, 그걸 내게 다오. 이쪽으로, 잘 말했다.

안녕, 여왕, 내게 무슨 일이 일어나더라도,

이것은 용사의 키스요. 형식적인 인사를 더 하려고

있으면, 그건 좋지 않고 수치스런 비난이 될 것이오.   40

강철의 남자같이 이제 그대를 떠나겠소.

싸우게 될 사람들은 나를 가까이 따르라,

그대들을 그곳으로 데려 가겠노라. 안녕히.

안토니, 에로스, 장교들, 병사들 퇴장

차미안 방으로 가셔서 쉬시겠습니까?

클레오파트라 안내해다오.   45

그분은 용맹하게 출전하신다. 만약 그분과 시저가

둘이서만 한 번의 전투에서 이 위대한 전쟁을

결정지을 수 있다면! . . . 그땐 안토니가, . . .

그러나 이젠, . . . 음, 가자.

퇴장

5장

알렉산드리아. 안토니의 진영.

나팔 소리. 안토니, 에로스 입장. 병사 한 명이 그들을 만난다.

병사 신이시여, 오늘을 안토니에게 행복한 날로 만드소서!

안토니 만약 너와 네 상처가 내게 육지에서 싸우도록

확신시켜 주었더라면!

병사 장군께서 그리하셨더라면,

5   장군께 반역했던 왕들과 오늘 아침 장군을

떠난 병사가 여전히

장군의 발 뒤를 따랐을 겁니다.

안토니 누가 오늘 아침 떠났느냐?

병사 누구라니요!

10   항상 장군 가까이 있던 그 사람, 이노바버스라 부르죠,

그자는 장군의 말씀을 듣지 못할 겁니다, 아니면 시저의

진영에서 "난 당신의 부하가 아니야"라고 말할 겁니다.

안토니 뭐라고 말하느냐?

병사 장군님,

15   그자는 시저와 있습니다.

에로스 금고와 귀중품은

가져가지 않았습니다.

안토니 그가 떠나버렸느냐?

병사 확실합니다.

안토니 에로스, 가서 그의 귀중품을 그에게 보내줘라. 그렇게 해라,   20

지체하지 말고, 명령이다. 그에게 편지를 쓰라 . . .

내가 불러 주겠다 . . . 점잖게 작별하고 인사해라,

그가 주인을 바꾸는 이유를 앞으로 절대로 발견하지

않길 바란다고 전해라. 오, 내 운명이

정직한 사람을 타락시켰구나! 보내라. 이노바버스!   25

퇴장

6장

알렉산드리아. 시저의 진영.

나팔소리. 시저, 아그리파, 이노바버스와 함께,
그리고 다른 사람들 입장

시저 전진하시오, 아그리파, 그리고 전투를 개시하시오.
우리의 의도는 안토니를 사로잡는 것이오.
모두에게 그걸 알리시오.

아그리파 시저, 그렇게 하겠습니다.

퇴장

5 **시저** 세상 평화의 시간이 가까웠다.
오늘이 성공적이라면, 세 귀퉁이의 세상이
자유롭게 올리브 나뭇가지를 쓰게 될 것이다.

사자 입장

사자 안토니가
전장에 나왔습니다.

10 **시저** 가서 아그리파에게 말해라
안토니를 배반한 자들을 선두에 세워서

안토니가 자신의 분노를 자신에게 사용하도록
하라고.

이노바버스를 제외하고 모두 퇴장

이노바버스 알렉사스도 배반했구나, 안토니 장군의 일로
유대 땅에 가서, 거기서 헤롯왕이   15
시저에게 기울도록 설득했구나,
그리고 자신의 주인 안토니를 떠났어, 이런 수고 때문에
시저는 그놈을 목매달았구나. 탈영한 카니디어스와
그 잔당들은 지금 소일거리를 얻었지만
명예로운 신뢰는 얻지 못했어. 난 어설프게 행동했어,   20
내가 자신을 너무나 끔찍이 책망한 나머지
이제 다시는 행복해지지 못할 것이야.

시저의 병사 등장

병사 이노바버스, 안토니가
당신의 모든 귀중품을 당신께 보냈어요, 안토니의
여분의 하사품과 같이. 사자가 내 초소로   25
왔소, 그리고 당신의 막사에서 지금
노새에서 짐을 내리고 있소.
이노바버스 내가 그걸 당신께 주겠소.
병사 놀리지 마시오, 이노바버스.

난 정말을 말하고 있소. 그걸 가져온 사람을 안전하게
떠나게 해 주는 게 좋겠소, 나는 내 일을 챙겨야하오,
그게 아니라면 내가 직접 바래다 줄 텐데. 당신네
여전히 조브 신이군요.

퇴장

이노바버스 나는 이 세상에서 가장 나쁜 악당이고,
아주 형편없는 기분이야. 오, 안토니 장군,
장군께서 내 재산을 보냈다니, 내 배신에 황금으로
관을 씌울 때, 좀 더 나은 충성에 장군께선 어떻게
보답했을까! 이게 내 마음을 찢어 놓는구나,
다급해진 생각이 마음을 부숴놓지 않는다면, 더 다급한
행동이 생각을 무찔러버리겠지. 하지만 내가 느끼기엔
생각만으로도 충분해. 내가 당신과 싸우다니! 안 돼, 어디
죽을 구덩이나 찾아 볼 거야, 가장 더러운 곳이 내 생을
마감하는데 가장 잘 어울리지.

퇴장

7장

양 진영 사이의 전쟁터.

떠들썩한 소리. 북소리와 나팔소리. 아그리파와 다른 사람들 입장

아그리파 퇴각, 우린 너무 멀리 군대를 전개시켰어.

시저께서도 전투중이시고, 우리가 예상했던 것보다

저항이 심하구나.

퇴장
소란스러운 소리. 안토니와 부상당한 스카러스 입장

스카러스 오, 용맹하신 황제여, 이것이야 말로 전투입니다!

애초부터 이랬더라면, 머리에 붕대를 감은 적들을   5

자기 나라로 격퇴시켰을 것입니다.

안토니 자네 피를 많이 흘리고 있군.

스카러스 여기에 티(T)자 같은 상처를 입었는데,

이젠 에이치(H)자가 되었습니다.

안토니 저놈들이 퇴각하는구나.   10

스카러스 우리가 저것들을 똥통 속에 처박아 버릴 것입니다.

여전히 여섯 군데 더 상처를 입어도 될 여유가 있습니다.

에로스 입장

에로스 적들을 격퇴시켰습니다, 우리의 우세가 멋진 승리를
이루어낼 겁니다.

15 **스카러스** 그놈들 등짝에다 상처를 입히고,
토끼를 잡듯이 뒤에서 그놈들을 낚아챕시다.
도망치는 놈을 때려 주는 건 재미있지요.

안토니 자네의 유쾌한 격려에 대해 보답을 해 줄 것이네,
그리고 자네의 그 훌륭한 용기는 열배나 더 보답을 받을 걸세.

20 가세.

스카러스 절뚝이며 뒤를 따르겠습니다.

퇴장

8장

알렉산드리아 성벽 아래.

나팔소리. 안토니 입장, 행진하며 스카러스와 다른 사람들 입장

안토니 우린 시저를 자신의 진영까지 격퇴시켰다.

누가 먼저 달려가 여왕께 침략자들에 대해 알려라.

내일 태양이 뜨기 전에, 우리는 오늘 도망친 놈들이

피를 흘리게 할 것이다.

모두에게 감사한다.   5

자네들은 용맹스러웠고, 의무를 행하는 것처럼 아니라,

마치 내 것처럼 자신의 일인 양 싸웠어. 자네들 모두가

헥토르의 모습을 보여줬어.

도시로 들어가 마누라들을 붙들고, 자네들의 업적을

이야기해 주게, 그들이 기쁨의 눈물로 자네들의 상처를   10

씻어주면서 명예로운 상처 모두에 키스를 하는 동안.

스카러스에게

자네의 손을 주게

수행을 받으며 클레오파트라 입장

이 대단한 요정에게 자네의 업적을 이야기해 주고,
여왕이 자네에게 감사하고 축복을 내리도록 하겠네.

클레오파트라에게

15 　오, 당신은 세상의 빛이여,
　내 목에다 팔을 두르고,
　옷을 입은 채 그대로 갑옷을 뚫고
　내 가슴 속으로 뛰어 들어보시오,
　그리고 거기서 승리의 마차에 올라타시오!
20 **클레오파트라**　왕 중의 왕이시여!
　오, 무한한 덕성, 당신은 세상의 커대한
　올가미로부터 잡히지 않고
　웃으면서 돌아오셨단 말입니까?
안토니　나의 나이팅게일,
25 　우리가 적들을 무덤까지 격퇴시켰소. 뭐요, 여보!
　비록 머리카락이 젊게 보이는 갈색 머리카락과 섞여 있지만,
　우린 담력을 키우는 두뇌를 가지고 있어서 젊은이들과
　같은 목표를 두고 다툴 수 있어요.
　이 사람을 보시오,
30 　이 사람이 당신의 손에 입을 맞출 수 있도록 허락해 주시오.
　키스를 하게, 용사여.
　이 사람은 마치 인간을 증오하는 신이
　인간의 모습을 하고 파괴를 하는 것처럼

오늘 싸웠다오.

클레오파트라 난 그대에게 황금의 갑옷을 35

주겠어요, 그건 어떤 왕의 것이었어요.

안토니 이 자는 그걸 받을 자격이 있소, 그것이 성스러운

포에버스의 전차처럼 보석으로 뒤덮였더라도.

내게 그대의 손을 주시오. 알렉산드라를 통과하는

즐거운 행진을 해 봅시다, 상처 난 방패를 주인처럼 40

들고서.

만약 우리의 위대한 궁전이 이 모든 사람들을

수용할 여유가 있다면, 우리 모두 함께 먹고

왕자의 위기가 약속된 내일의 운명에 축배를

들 것인데. 나팔수들은 45

요란한 소리로

시민들의 귀를 날려버리고, 찰랑거리는 탬버린

소리와 섞어서, 하늘과 땅이 함께

자신들의 소리를 울려서

우리의 진군에 갈채를 보내게 하라. 50

퇴장

9장

초소에 보초들

병사 1 이 시간 내에 우리가 교대가 되지 않으면,
　　　　우린 보초막사로 돌아가 봐야해. 밤이
　　　　훤하군. 사람들이 그러길 우리는 아침
　　　　두 시각까지 전장에 갈 거라더군.
5　**병사 2** 이 마지막 날도 역시 모질군.

이노바버스 입장

이노바버스　오, 나를 지켜봐다오, 밤이여, . . .
병사 3 이 사람은 누구신가?
병사 2 가까이 다가가서, 그의 말을 들어보세.
이노바버스　내 증인이 되어 주시오, 오 축복받은 달님이여,
10　　　　배반한 자들이 역사에 가증스럽게 기억될 때,
　　　　불쌍한 이노바버스는 그대의 면전에서
　　　　후회했다고.
병사 1 이노바버스!
병사 3 조용히! 계속 들어보세.

이노바버스 진정으로 우울한 감정을 지배하는 여신이여, 15

밤의 맹독성 습기를 내게 뱉어 놓으소서.

내 의지의 바로 그 반역자인 내 목숨이

더 이상 내게 붙어 있지 못하게 하소서,

내 심장을 돌처럼 단단한 내 과오에다 던지시오.

슬픔에 바짝 마른 심장은 가로로 부서질 것이고, 20

모든 나쁜 생각들을 끝내게 해주시오.

오, 안토니 장군, 내 반역이 수치스러운 것에 비해

더욱 훌륭하신 분, 당신이 바라시는 것처럼

저를 용서해 주십시오, 하지만 세상은 나를

탈영병이자 배신자로 여겨 주시오. 25

오, 안토니! 오, 안토니!

죽는다.

병사 2 그에게 가서 말을 해보세.

병사 1 그의 말을 들어보세, 그가 말하는 것이

시저와 관계가 있을 수도 있으니까.

병사 3 그러세. 하지만 그가 자는데. 30

병사 1 기절한 것 같은데, 그렇게 끔찍한 그의 기도는

잠자려고 그러는 것은 아니었어.

병사 2 그에게 가 봐야겠어.

병사 3 일어나 보시오, 깨어나시오, 말 좀 해보시오.

병사 2 우리의 말이 들리오? 35

병사 1 죽음의 손길이 이미 닿았어.

멀리서 북소리가 들린다.

들어봐! 북소리야.
잠자는 사람들을 침착하게 깨우세. 보초막사로
이 사람을 옮겨가세, 이 분은 중요한 사람이야,
우리의 근무시간이 이제 완전히 끝났어.

병사 3 그럼 이리 오시게,
이 사람이 깨어날 수도 있어.

그의 시체와 함께 퇴장

10장

양 진영 사이

안토니와 스카러스, 병사들과 함께 입장

안토니 오늘 저들의 계획은 바다에서 싸우는 것이야,
저들은 육지에서 우리와 싸우는 것을 싫어해.

스카러스 양쪽 모두를 준비합시다, 장군.

안토니 저들이 불속이나 공중에서 우리와 싸웠으면 좋겠어,
우리도 역시 거기서 싸울 텐데. 하지만 이런 식이지.   5
도시 곁의 언덕에 있는 우리 보병은
우리와 대기할 것이오. 해전을 위한 명령을 내렸소,
안전한 장소로 벌써 진군을 했고
거기서 우리는 적들을 잘 볼 수 있을 것이니
저들이 의도하는 바를 들여다봅시다.   10

퇴장

11장

같은 지역 다른 장소.

시저, 그의 군대와 함께 입장

시저 공격을 받을 때까지, 우린 육지에서 꼼짝하지 않는다,
내가 알기론 우린 그럴 것인데, 왜냐하면 적의 최강 군대가
전함으로 보내졌어. 계곡 쪽으로 가서
가장 유리한 지점을 확보해라.

퇴장

12장

같은 장소 다른 장소.

안토니와 스카러스 입장

안토니 아직 적들이 모습을 드러내지 않았다, 저기 소나무가
서있는 곳에서 모든 것을 볼 수 있을 것이다.
사태가 어떻게 흘러갈지 자네에게 곧 소식을 주겠네.

퇴장

스카러스 제비들이
클레오파트라의 돛에 집을 지웠구나. 점쟁이는   5
그게 무슨 뜻인지 모르겠단다, 점쟁이들이 으스스하게
보이는 게, 감히 자신들이 아는 것을 말하지 못하는구나.
안토니 장군은 용맹스럽고, 근심도 많고, 변화도 심하구나,
장군의 초조한 운명은 장군이 가진 것과 가지지 못한 것에
대해 장군께 희망과 불안을 주는구나.   10

멀리서 떠들썩한 소리. 해전에서
안토니 다시 등장

안토니 모든 걸 잃었어,

이 망할 놈의 이집트 놈들이 나를 배신했어.

내 함대는 적들에게 항복을 했고, 저놈들이 저기서

15 오래 전에 잃었던 친구들처럼 모자를 위로 던지며

함께 축하를 하는구나. 삼중으로 배신하는 창녀!

이 신출내기에게 나를 팔아넘긴 게 바로 너야, 그리고

내 마음은 네년하고 단지 싸움만 하는구나. 모두 도망치라고

해라, 내가 저 마녀 년에게 복수를 하게 될 때,

20 난 모든 걸 다 이루었기 때문이지. 도망치라고 해라. 가거라.

스카러스 퇴장.

오, 태양이여, 네가 다시 떠오르는 것을 내가 다시 못 보리.

행운과 안토니는 여기서 헤어지는구나. 여기서

작별의 악수를 하자. 모든 게 이리 되는 것이냐?

내 발꿈치를 졸졸 따랐던 놈들에게

25 나는 그 소원을 들어줬는데,

이제 피어나는 시저에게 그놈들이 아첨을 하는구나,

그리고 모든 것 위에 군림했던 이 소나무는

껍질이 벗겨지게 되는구나.

나는 배신당했구나. 오, 이 이집트의 거짓된 년아!

30 이 파멸의 주술, 그년의 눈길이 내 전쟁을 불러일으키고,

또 불러들였고, 그년의 가슴이 나의 면류관이자 내 목표였어,

집시처럼 나를 농락하며 속여서 깊은 절망에 빠뜨렸구나.

이봐, 에로스, 에로스!

클레오파트라 입장

네년은 마녀야! 꺼져라!

클레오파트라 왜 당신은 제게 화를 내십니까?   35

안토니 꺼져라, 안 그러면 내가 네게 응당한 대가를 지불해 주고,

시저의 승리를 더럽혀 버리겠다. 그놈이 널 가지라고 해라,

그리고 고함치는 대중들 앞에서 네년을 높이 들어 올리라고

해라. 모든 여성들 중 최악의 모습처럼, 괴물처럼,

그놈의 전차 뒤에 끌려가서 천한 놈들의 애들을 위해   40

몇 푼의 동전을 위해 모습을 보여줘라, 그리고 인내심 있는

옥타비아가 다듬어진 손톱으로

네년의 얼굴을 할퀴도록 해라.

클레오파트라 퇴장

네년이 꺼져버린 건 잘한 일이야,

살려면 잘한 짓이야, 하지만 내 분노에 몸을 던지는   45

것이 더 나은 짓일 거야, 왜냐하면 한번 죽으면

여러 번 죽지는 않으니. 에로스, 이봐!

네소스[24]의 독이 묻은 셔츠를 내가 입고 있다.

---

24. Nessus: 그리스 신화에 등장하는 반인반마의 켄타우로스 족으로, 헤라클레스의 아
내를 겁탈하려다 헤라클레스가 쏜 독화살을 맞고 죽는다. 죽으면서 거짓말로 헤라
클레스의 아내에게 후일 남편의 사랑이 식으면 자신의 피를 남편의 옷에 묻히면
다시 사랑이 살아난다고 말한다. 후일 남편의 사랑이 식었다고 생각한 그녀가 네소
스의 피를 남편의 셔츠에 묻혀 입히는데, 이 옷을 입은 헤라클레스는 고통스럽게

알씨데스,[25] 내 조상이여, 당신의 분노를 가르쳐 주소서.

50 제가 라이카스[26]를 던져 달의 뿔에 꿰어 놓게 하소서,

그 두 손으로 가장 무거운 몽둥이를 들고

내 가장 고귀한 자신을 굴복시키소서.

저 마녀는 죽어야 합니다.

저년은 저를 어린 로마 아이에게 팔아버렸고,

55 저는 이 계교에 빠졌습니다.

저년은 그 때문에 죽어야 합니다. 에로스, 이봐!

퇴장

죽어갔다. "네소스의 셔츠"(shirt of Nessus)는 "죽음을 부르는 고난"이라는 의미로
사용된다.

25. Alcides: Hercules를 말한다.

26. Lichas: 헤라클레스의 부하. 아무것도 모른 채 독이 네소스의 독이 묻은 셔츠를 헤
라클레스에게 건네줬다.

13장

알렉산드리아, 클레오파트라의 궁전.

클레오파트라, 차미안, 이라스, 마디언 입장

클레오파트라 나를 부축해라, 얘들아! 오, 그는 방패 때문에 미친
텔라몬[27]보다도 더 미쳤구나. 테살리아[28]의 멧돼지도
그처럼 날카롭지는 않을 거다.

차미안 묘당으로!
거기 안에서 문을 잠그고, 그분께 여왕님이 돌아가셨다는   5
전갈을 보내십시오.
위대함이 끝나는 것보다 영혼과 육체는 분리되면서
더 이상 다투지 않습니다.

클레오파트라 묘당으로 가자!
마디언, 가서 그분께 내가 자살을 했다고 말씀드려라.   10
내가 한 마지막 말은 "안토니"였다고 말하고,
아주 슬프게 들리게끔 말을 전해라. 가거라, 마디언,
그리고 그분이 어떻게 내 죽음을 받아들이시는지
소식을 가지고 오거라. 묘당으로 가자!

퇴장

---

27. Telamon: 그리스 신화에 등장하며, 헤라클레스의 동료이자 전사. 트로이 전쟁에서
   죽은 아이아스의 아버지.
28. Thessaly: 그리스 동부의 도시.

14장

같은 장소. 다른 방

안토니와 에로스 입장

안토니 에로스, 자제는 아직도 나를 바라보는가?

에로스 예, 훌륭하신 장군님.

안토니 때때로 우리는 용처럼 생긴 구름을 보지,

안개는 때론 곰이나 사자나

5   우뚝 솟은 성채, 키 큰 바위,

갈라진 산, 혹은 위에 나무가 있고 세상에

인사를 하는 듯 우리 눈을 속이는

푸른 곶처럼 보이지.

자네는 이 같은 것을 보았어.

10   이것들은 모두 컴컴한 초저녁의 작품이지.

에로스 예, 장군님.

안토니 지금 말이라 여겨지는 저 구름도

부서져 흩어져 희미해지거든

마치 물속에 있는 물처럼

15 **에로스** 그렇습니다, 장군님.

안토니 나의 좋은 부하 에로스, 이제 자네의 대장은

겨우 이런 몸뚱이라네. 여기 내가 안토니야.

그러나 자네가 보는 이 모습을 유지할 수 없어, 자네.

나는 이집트를 위해 이 전쟁을 벌였고, 그리고 여왕은 . . .

그 여왕의 마음을 얻었다고 여겼네, 그 여자가 내 마음을   20

가졌으니까, 지금은 잃어버렸지만 내 마음이 내 것인

동안에, 그 마음을 수백만 명과 나누었지, 에로스, 그 여자는

시저와 야합을 했고,

내 영광을 속여 적의 승리에 받쳤어.

아니지, 울지 말게, 고결한 에로스, 우린 여전히   25

우리 스스로를 끝낼 능력이 있어.

마디언 입장

오, 그대의 야비한 여왕!

그 여자가 내 칼을 강탈해 버렸어.

마디언 아닙니다, 안토니 장군,

여왕님은 장군은 사랑하셨습니다, 그리고 그 운명을   30

장군의 운명과 완벽하게 결합시키셨습니다.

안토니 꺼져라, 음탕한 고자 놈아, 입 닥치어라!

그 여자는 나를 배신했고 반드시 죽어야 한다.

마디언 한 사람의 죽음은 단지 한번만 치러집니다.

그리고 여왕께선 그 죽음을 치렀습니다. 장군께서 하시고자   35

하는 것이 장군을 위해 이미 이루어졌습니다. 여왕께서 하신

마지막 말씀은 "안토니! 가장 고귀하신 안토니!"였습니다.

그리고 찢어지는 신음 중간에 안토니란 이름이

터져 나왔는데, 그 소리가 여왕의 가슴과 입술 사이에서

40 갈라져 버렸습니다. 여왕께선 몸속에 장군의 이름을

묻고 그 목숨을 포기하셨습니다.

안토니 그러면, 죽었느냐?

마디언 돌아가셨습니다.

안토니 갑옷을 풀어다오, 에로스, 긴 하루의 일정이 끝났다.

45 그리고 잠을 자야겠다.

마디언에게

너를 여기서 안전하게 떠나게 하마,

그게 네 수고에 충분한 보답이 된다, 가라.

마디언 퇴장

벗겨라, 갑옷을 벗겨.

에이작스의 일곱 겹 방패도 내 마음의

50 상처를 보호할 수 없다. 오, 찢어져라, 내 옆구리여!

한때 필요 이상으로 강건했던 심장은 그 약해진

벽을 부수어버려라! 서두르게, 에로스, 빨리.

난 더 이상 군인이 아니야, 단지 멍든 조각들이야, 가라,

그동안 수고했다. 한동안 나를 떠나 있어라.

에로스 퇴장

나도 당신을 따르겠소, 클레오파트라, 그리고   55

용서를 바라며 울겠소. 그럴 수밖에 없어, 이젠

삶을 연장하는 것이 고문이니까. 이 횃불이 꺼졌으니,

누워서, 더 이상 멀리 헤매지 않겠다. 이제 모든 수고가

그동안 이룬 것을 망쳐버리는구나. 그래, 그 힘이

힘들여서 그 자신을 조이는구나. 그렇다면 모든 걸 멈추고,   60

그리고 모든 것이 끝났다. 에로스! 내가 가오, 나의 여왕. . . .

에로스! 곁을 지켜다오. 영혼들이 꽃들 위에서 휴식하는 곳에서,

우리는 손에 손을 잡고 가리라, 그리고 힘찬 발걸음으로

유령들이 쳐다보게 합시다. 그리고 모든 유령들은

우리의 것이 될 것이오, 자, 에로스, 에로스!   65

에로스 다시 입장

에로스 장군님, 무슨 일이십니까?

안토니 클레오파트라가 죽은 이후로,

나는 이처럼 불명예 속에 살고 있으니 모든 신들이

내 초라함을 역겨워하실 것이다. 칼을 가지고 나는

세상을 네 조각으로 나누었다, 그리고 배를 타고   70

푸른 넵튠의 등 너머에 도시를 건설했던 내가

여자의 용기조차도 갖지 못한 내 자신을 비난하노라,

죽음으로써 시저에게 "난 내 자신의 정복자다"라고

천명한 그 여자보다도 고귀하지 못한 마음을 가졌구나.

자네는 맹세를 했어, 에로스, 절박한 순간이 오면,   75

실제로 지금 왔지만, 치욕과 공포의 피할 수 없는

고발이 임박할 때 명령에 따라 자네가 나를

죽일 것이라고. 그 일을 해라. 때가 되었다.

자네가 나를 칼로 치는 것이 아니라, 자네가 시저를

80 　　물리치는 것이야. 힘을 내 보게.

에로스 신이여 저를 막아서소서!

비록 적이었던 모든 페르시아 놈들의 창이

맞히지 못했고, 할 수 없었던 것을 제가 해야 한단

말입니까?

85 **안토니** 에로스,

로마에서 구경거리가 되고 싶은가, 그리고 자네의

주군이 로마에서 이렇게 팔이 묶여, 굴복당한 목을 아래로 꺾고,

파고드는 수치심에 얼굴을 숙이는 것을 보고 싶은가,

운 좋은 시저의 전차가 주군을 끌고 가며

90 　　비참한 낙인을 찍는 동안?

에로스 그것을 보고 싶지 않습니다.

안토니 그렇다면 이리 오게, 나는 상처로만 치료되는 것이네.

자네의 정직한 칼을 뽑아라, 조국을 위해서

아주 유용하게 차고 다녔던 그 칼을.

95 **에로스** 오, 장군, 저를 용서해 주십시오!

안토니 내가 자네에게 자유를 주었을 때, 그때 맹세하지 않았나

내가 자네에게 명령하면 이일을 행하겠다고?

즉시 시행하게, 안 그러면 자네가 행한 이전의 모든

것들은 더 이상 소용없는 것이 된다네.

칼을 뽑아서 이리 오게.   100

에로스 제게서 몸을 돌려주십시오, 온 세상의 존경이 깃든

그 고귀한 얼굴을.

안토니 보시게, 자네!

그에게서 몸을 돌린다.

에로스 제 칼을 뽑았습니다.

안토니 그러면 당장 시작해라   105

네가 칼을 뽑았던 그 일을.

에로스 사랑하는 장군님,

저의 대장이자 황제여, 제가 이 잔인한 일격을

내려치기 전에 작별의 말을 하게 해주십시오.

안토니 그렇다면, 안녕히.   110

에로스 안녕히 가십시오, 위대한 대장이여. 이제 내려칠까요?

안토니 지금이다, 에로스.

에로스 자, 그러면. 이렇게 안토니 장군의 죽음이

주는 슬픔에서 탈출하련다.

자살한다.

안토니 나보다 세 배나 더 고귀하구나!   115

자네가 날 가르치는구나, 오, 용감한 에로스,

내가 해야 하는 일과 네가 할 수 없었던 것을.

여왕과 에로스는 용감한 가르침을 통해 내게

역사적 고귀함이란 걸 일깨워 주었구나. 그러나

120 나는 죽어서 신랑이 되겠고, 사랑하는 이의 침대에

가듯 죽음에게 달려가겠다. 자, 그러면, 그리고, 에로스,

너의 주인은 너의 학생이 되어 죽는다. 이렇게 하면서

자신의 칼 위에 쓰러진다.

난 네게서 배웠다. 어떻게! 안 죽었어?

안 죽었어?

125 경비병, 이봐! 오, 나를 처치해라!

더세타스와 위병 입장

위병 1 이 소리는 뭐야?

안토니 난 내 임무에 실패했다, 자네들. 오 내가 시작했던

일을 끝내주게.

위병 2 별이 떨어졌어.

130 **위병 1** 그리고 그의 한 시대도 마감했구나.

모두 이런, 슬퍼구나!

안토니 나를 사랑하는 자가 내가 죽게 쳐다오.

위병 1 전 아닙니다.

위병 2 저도 아닙니다.

위병 3 그 누구도 아닙니다.

위병 퇴장

더세타스 당신의 죽음과 운명이 부하들더러 달아나라고 하는군.

이 소식과 함께 이 칼을 시저에게 보여주면,

나를 같은 편으로 받아 줄 것이야.

디오메데스 입장

디오메데스 안토니 장군은 어디 계시오?

더세타스 저기요, 디오메드, 저기.

디오메데스 살아계시오?

대답을 좀 해보게나, 이봐?

더세타스 퇴장

안토니 자네가 거기 있나, 디오메드? 자네의 칼을 뽑아

죽을 수 있도록 나를 내리쳐 주게.

디오메데스 절대적인 지배자시여,

여왕 클레오파트라께서 각하께 저를 보내셨습니다.

안토니 언제 여왕이 너를 보냈느냐?

디오메데스 지금입니다, 장군님.

안토니 여왕은 어디 계시냐?

디오메데스 묘당 안에서 문을 잠그고 계십니다. 무슨 일이 일어날

것인지에 대해 예견되는 두려움을 가지셨습니다.

왜냐하면 장군께서 여왕이 시저에게 넘어갔다는

의심을 하셨고, 그것은 절대 그러지 않겠지만,

장군의 분노가 풀리지 않을 것이란 걸 아셨기 때문에,

155 여왕님은 자신이 돌아가셨다는 전갈을 장군께 보내신

것입니다.

하지만 그 소식이 무슨 일을 일으킬지 염려스러워,

진실을 밝히러 저를 보내신 것입니다, 그래서 제가

왔습니다, 너무 늦은 것 같군요.

160 **안토니** 너무 늦었어, 디오메드. 내 위병들을 불러라.

디오메데스 여보게들, 황제의 근위병! 위병들, 이봐요!

와 보시오, 당신네 장군께서 부르시오!

안토니의 위병들이 네다섯 명 입장

안토니 자네들, 나를 클레오파트라가 있는 곳으로 옮겨다오,

이것은 내가 너희들에게 명령하는 마지막 임무다.

165 **위병 1** 슬픕니다 우리는, 장군님, 장군의 모든 진정한 부하들이

죽을 때까지 사시지 못하시다니.

모두 가장 울적한 날이야!

안토니 아니야, 나의 부하들아, 슬픔으로 운명에 보답해서

가혹한 운명을 즐겁게 하지마라. 우리를 벌주려 다가오는

170 것을 환영해라, 그리고 운명을 가볍게 견디는 것처럼

보이는 것이 우리가 운명을 벌주는 것이다. 나를 일으켜라.

종종 내가 너희들을 이끌었다. 이젠 나를 옮겨다오, 자네들,
모두에게 감사하네.

안토니를 부축하며, 에로스의 시체와 함께 퇴장

15장

같은 장소, 묘당.

클레오파트라와 그녀의 시녀들이 차미안과 이라스와 함께
묘당 위쪽에서 등장한다.

클레오파트라 오, 차미안, 나는 여기서 절대로 떠나지 않겠다.

차미안 편히 하십시오, 여왕님.

클레오파트라 아니다, 난 떠나지 않겠다.

모든 이상하고 끔찍한 일도 환영한다,

5   그러나 우린 위안은 싫다, 우리의 슬픔의 크기는

그 원인만큼이나 크고, 그 슬픔을 만든 것만큼

큰 것임에 틀림없다.

아래에 디오메데스 입장

무슨 일이냐! 그분이 죽었느냐?

디오메데스 죽음에 임박했지만 돌아가시진 않았습니다.

10   묘당의 다른 쪽을 보거라,

안토니의 위병들이 그를 운반해 왔구나.

위병들에 의해 운반된 안토니가 아래에 입장한다.

클레오파트라 오, 태양이여, 네가 움직이는 거대한 천체를 태워버려라!

세상의 여러 해변을 캄캄하게 하여라. 오, 안토니,

안토니, 안토니! 도와드려라, 차미안, 도와드려라, 이라스,

도와드려라, 도와드려라, 아래에 있는 사람들아,   15

그분을 이리로 끌어 올려라.

안토니 조용히!

안토니를 쓰러뜨린 것은 시저의 용맹이 아니라

안토니가 그 스스로 승리한 것이다.

클레오파트라 그게 그렇게 되어야 하는 것이지, 안토니만 오직   20

안토니를 정복할 수 있지, 하지만 그런 식으로 되는 것이

얼마나 슬픈지!

안토니 나는 죽어가고 있소, 이집트여, 죽어가오, 단지

여기서 잠시 죽음을 연기하고 있소,

수많은 키스 중에 처량한 마지막 키스를   25

내가 당신의 입술에 얹을 때까지.

클레오파트라 그럴 수 없어요, 여보,

여보, 용서해 주세요, 그럴 수가 없어요,

내가 붙잡히게 되는 경우 때문에. 저 운이 지독히 좋은

시저의 오만한 쇼의 장식물이 되지 않을 거예요. 만약   30

칼, 독약, 독사가 날이 섰거나, 해롭거나, 효과가 있다면,

저는 안전합니다. 겸손하고 고요한 눈빛과 조용한 몸가짐을

가진 당신 아내 옥타비아는 나를 처량하게 하는 영예를

갖지는 못할 겁니다. 하지만 자, 자, 안토니,

35 나를 도와다오, 얘들아, 당신을 끌어 올려야겠어요.

도와다오, 너희들.

안토니 오, 서두르시오, 아니면 난 죽을 것이오.

클레오파트라 이건 정말 게임이구나! 당신이 이렇게 무겁다니!

우리의 힘은 모두 슬픔으로 소진되어서,

40 그 슬픔이 이 무게를 만드는구나. 만약 내가 위대하신

주노의 힘을 가졌다면, 강한 날개를 단 머큐리가 당신을

끌어올려서 조브 신 곁에 내려놓도록 할 텐데. 하지만

조금만 더 오세요, 바라기만 하는 것들은 항상 바보들이지,

오, 자, 자, 오세요.

안토니를 지붕 위에 클레오파트라 쪽으로 들어 올린다.

45 환영해요, 환영해요! 당신이 살았던 곳에서 돌아가세요.

키스로 다시 살려보겠어요. 만약 내 입술이 그런 힘을

가졌다면, 이게 바로 그 입술을 닳아 없어지게 하는 방법이죠.

모두 가슴 아픈 광경이구나!

안토니 난 죽어요, 이집트, 죽어가고 있소.

50 술을 좀 주시오, 그리고 내가 말 좀 하게 해주시오.

클레오파트라 안돼요, 제가 말할게요. 제가 지독한 욕을 퍼부어서

저 나쁜 운명의 신 여편네가 내 공격에 화가나

그 수레바퀴를 부수어버리도록.

안토니 한 마디만, 사랑스런 여왕.

55 시저에게 가서 당신의 안전과 함께 명예를 찾으시오. 오!

클레오파트라 안전과 명예는 같이 가지 않아요.

안토니 진정하시고, 내 말을 들으시오.

프로큘레이어스 말고는 시저 주변의 어떤 사람도 믿지 마시오.

클레오파트라 내 결심과 내 손을 저는 믿을 거예요.

시저 주변의 누구도 못 믿어요.   60

안토니 이제 내 최후의 순간에 비참한 죽음을

흐느끼거나 슬퍼하지 마시오, 대신에

이전에 이 세상의 위대한 왕자이자 가장 고귀한

사람으로 내가 살았던 시절의 좋은 기억으로

당신의 생각을 채워서 당신의 마음을 기쁘게 하세요.   65

그리고 이제 비참하게 죽지 않겠소,

고국에서 온 다른 사람에게 비겁하게 내 투구를

벗지는 않겠소, 로마인에 의해 로마인이

용감하게 무너진 것이오. 이제 내 영혼이 떠나가오,

더 이상 견딜 수 없구려.   70

클레오파트라 가장 고귀하신 분, 돌아가시는 겁니까?

저를 돌봐주시지 않고요? 당신이 없다면 돼지우리보다

못한 이 지루한 세상에서 제가 계속 살아야만 합니까?

오, 보거라, 얘들아.

안토니 죽는다.

이 세상의 왕관이 녹아버렸구나. 여보!   75

오, 전쟁의 화환은 시들어버렸고,

병사의 창은 쓰러졌구나. 젊은 소년과 소녀들이
이제 어른들과 같아져 버렸구나, 차이는 없고,
찾아드는 달 아래 특출한 것은 남아있지 않구나.

기절한다.

80 **차미안** 오, 진정하세요, 마마!

이라스 여왕도 돌아가셨어, 우리의 주군이여.

차미안 마마!

이라스 여왕님!

차미안 오, 마마, 마마, 마마!

85 **이라스** 이집트의 왕, 여왕이시여!

차미안 조용히, 조용히, 이라스!

클레오파트라 소젖이나 짜는 하녀나 최하층 하인들의
　　　그런 천박한 열정에 사로잡히는
　　　단지, 한 사람의 여자일 뿐이다. 해를 입히는 신들에게
90　내 홀을 집어던지는 것이 내 운명이었어. 그 신들이
　　　내 보석을 훔쳐갔을 때까지는 이 세상이나 신들의
　　　세상이나 다를 바 없었다고 말하겠다. 아무것도 남지
　　　않았어, 인내도 바닥났고, 조급함은 미친개에게나
95　어울릴 법하구나. 그렇다면 죽음이 감히 우리에게
　　　오기 전에, 죽음이 사는 비밀의 집으로 쳐들어간
　　　것이 죄일까? 어떠니, 얘들아?
　　　뭐야, 뭐야! 힘을 내! 왜, 뭐야, 차미안?

나의 시녀들아! 아, 얘들아, 얘들아, 봐라,
등불이 다 되었구나, 꺼지는구나! 여러분들, 용기를 내요,   100
우리가 그분을 묻어드리고 나서, 고상한 로마식을 따라
용감하고 고귀한 것을 행하여 보자,
그리고 죽음이 자랑스럽게 우리를 데려가도록 하자. 가자.
거대한 정신을 담은 육신이 이제는 차갑구나.
아, 얘들아, 얘들아! 이리 오거라, 결심과 빨리 죽는 것   105
말고는 우린 친구가 없구나.

퇴장.
위에 있는 사람들이 안토니의 시체를 가지고 나간다.

5막

1장

알렉산드리아. 시저의 진영.

시저, 아그리파, 돌라벨라, 매시나스, 갤러스, 프로쿨레이어스,
다른 사람들, 시저의 전쟁 참모들 입장

시저 돌라벨라, 그에게 가서 항복하라고 말해라,

아주 좌절하면서, 그가 망설이는 것은 헛수고라고

말해 주어라.

돌라벨라 시저, 그렇게 하겠습니다.

퇴장
더세타스가 안토니의 칼을 들고 입장

5   **시저** 그게 무엇이냐? 감히 이렇게 우리에게 나타난

너는 누구냐?

더세타스 저는 더세타스라고 합니다.

저는 안토니 장군을 모셨습니다. 그분은 제가 모셨던

최고의 인물이었습니다. 그분이 서서 말하는 동안,

10   그분은 저의 주인이었습니다. 그리고 그분의 적들을

일소하는데 내 목숨을 바쳤습니다. 만약 시저께서

저를 받아 주신다면, 제가 안토니 장군에게 했던

식으로 시저에게 할 것입니다, 만약 그걸 원치

않으신다면, 시저에게 제 목숨을 바치겠습니다.

시저   뭐라고 하는 거냐?   15

더세타스 오, 시저, 마크 안토니가 죽었다고 말하는 것입니다.

시저   그렇게 위대한 인물의 죽음은 대단한 소란이 일어야

하는 법이다. 이 둥근 세상이 사자들을 흔들어

거리로 내몰고, 시민들을 동굴로 몰아넣어야 한다.

마크 안토니의 죽음은 한 개인의 파멸이 아니다,   20

이 세상의 절반이

그 이름에 걸려 있었다.

더세타스 그분은 돌아가셨습니다, 시저.

공공 치안판사에 의해서도 아니고,

암살에 의해서도 아닙니다. 그 손이 행한 행동에   25

명예를 썼던 그 손으로, 그의 마음이 제공했던

바로 그 용기를 가지고, 자신의 심장을 쪼개버렸습니다.

이것이 그분의 칼입니다.

제가 그분의 상처에서 이 칼을 뽑았습니다. 그의 고귀한

피로 칼이 어떻게 얼룩져 있는지 보십시오.   30

시저   자네들 슬퍼 보이는 건가?

신들은 나를 질책하겠지, 하지만 이 소식은

왕들의 눈을 눈물로 씻어 줄 거요.

아그리파 우리가 이루고자 했던 일에 대해

본성은 우리를 슬프게 만드니   35

이상한 일입니다.

매시나스   그의 오점과 명예는
　　　　막상막하 비슷했지요.

아그리파   인간성을 갖추었으면서
　　　　그렇게 희귀한 성품도 없었습니다, 그러나 여러분,
　　　　신은 우리를 결국 죽을 수밖에 없는 존재로 만들기 위해
　　　　우리에게 몇 가지 결함을 주었습니다.
　　　　시저께서 울컥하시는군요.

매시나스   그렇게 큰 거울이 그분 앞에 놓였을 때,
　　　　시저께선 자신을 비추어 볼 필요가 있는 거죠.

시저   오, 안토니!
　　　　내가 여기까지 당신을 밀어붙였군요. 그러나 우리 몸속에
　　　　있는 질병을 우리는 창으로 찌르지요. 부득이
　　　　그대에게 그런 최후의 날을 보여 줄 수밖에 없소,
　　　　아니면 그대의 최후를 내가 보든지, 우리는 이 세상에서
　　　　양립할 수 없었소. 그러나 심장의 피만큼이나 고귀한
　　　　눈물로 내가 애도하게 해주시오.
　　　　그대는 내 형제이자, 내 경쟁자였고
　　　　전장에서 친구이자 동료였으며,
　　　　내 몸의 한 팔이었고, 내가 그대와 생각을 함께 할 때
　　　　내 심장이었소, 양립할 수 없는
　　　　우리의 운명은 우리의 동등한 입장을 이렇게
　　　　갈라 버리는구려, 내 말을 들으시오, 친구여,
　　　　하지만 좀 더 적절한 시기에 말하겠소.

이 자는 용무가 있어 보이는구나.   60

그가 말하는 것을 들어 보겠다. 어디서 왔느냐?

이집트인 저는 여전히 불쌍한 이집트인입니다. 저의 여왕님께선

가진 것을 모두 묘당에다 가두어 잠그고,

여왕님에 대한 각하의 계획이 무엇인지 알길 원하십니다.

여왕께선 어떤 것을 강요받더라도   65

따를 준비를 하실 것입니다.

시저 마음을 편히 가지시라 말씀드려라.

우리들 중 누군가에 의해 곧 우리가 보낸 소식을

알게 되실 것이다, 여왕을 위해 얼마나 명예롭고 친절한

결정을 내렸는지, 시저는 거칠게 살지 않는다는 것을.   70

이집트인 신께서 전하를 보호하소서!

퇴장

시저 이리 오게, 프로쿨레이어스. 가서 말하게,

우리는 여왕에게 치욕을 줄 목적이 없다고. 여왕의

감정상태가 원하는 안심을 여왕에게 주어라,

여왕의 위대하기 때문에 어떤 치명적인 일격으로   75

우리의 계획을 좌절시키지 않도록, 여왕이 로마에서

살아있어야 우리의 승리가 영원한 것이 되니까. 가라,

그리고 최대한 빨리 여왕이 전하는 말과 여왕이

어떤 상태인지를 우리에게 알려다오.

80 **프로쿨레이어스** 시저, 그렇게 하겠습니다.

시저 갤러스, 너도 함께 가거라.

갤러스 퇴장

프로쿨레이어스를 보좌할 돌라벨라는 어디 있나?

모두 돌라벨라!

시저 그냥 두어라, 그가 무슨 일을 하고 있는지 이제

85 생각났어. 때가 되면 돌라벨라는 준비가 될 것이다.

내 막사로 같이 가자. 거기서 내가 얼마나 억지로

이 전쟁에 끌려 들어왔는지 알게 될 거야,

내 모든 서찰에서 내가 얼마나 차분하고 점잖게

계속해서 전쟁을 경멸했는지, 나와 같이 가세,

90 여기서 내가 뭘 보여줄 수 있는지 보시게.

퇴장

2장

알렉산드리아. 묘당에 있는 방.

클레오파트라, 차미안, 이라스 입장.

클레오파트라 내 쓸쓸함이 더 나은 삶을 만들기 시작했어.

시저가 되는 것도 하찮은 일이야,

운명이 되는 게 아니라, 시저는 그저 운명의 종이야,

운명의 뜻을 실행하는. 다른 모든 행동들을 끝내는

일을 하는 것이 위대하지, 그건 사고를 방지하고   5

변화를 끝내는 것이지, 그건 잠이 들면서 더 이상의

빨 젖꼭지를 원치 않는 것이지,

거지나 시저의 유모 모두.

묘당의 문으로 프로쿨레이어스, 갤러스, 병사들 입장

프로쿨레이어스 시저께서 이집트의 여왕님께 인사를 보내시며,

시저께서 여왕께 허락하실 수 있는 공평한   10

요구안에 대해 여왕께서 숙고하시길 청하십니다.

클레오파트라 그대의 이름은 무엇이오?

프로쿨레이어스 제 이름은 프로쿨레이어스입니다.

클레오파트라 안토니께서

그대에 대해 이야기 한 적이 있는데,

그대를 신뢰하라고 했소, 하지만

난 속는데 그리 괘의치 않소,

왜냐면 신뢰할 필요가 없기 때문이오. 그대의 주인께서

저더러 애원하길 원하신다면, 그대는 시저에게 전하시오,

적절한 위엄은 하나의 왕국에 결코 못지않다고. 만약

시저께서 정복한 이집트를 내 아들을 위해 내게 준다면,

내가 소유한 충분한 것을 내게 주는 것이라고, 나는

감사하며 시저에게 무릎을 꿇을 것이오.

프로쿨레이어스 기운을 내십시오,

여왕께선 왕자의 손에 떨어진 것이니, 두려워하지 마십시오.

저의 황제께 원하시는 바를 자유롭게 말씀하십시오,

시저께선 자비가 넘치는 분이라, 그분의 자비는

그것을 필요로 하는 모든 이들에게 넘쳐 흘러들 것입니다.

여왕이 흔쾌히 의지하시겠다는 소식을 시저에게

전하게 해주십시오, 자비를 구하며 무릎을 꿇는

다른 사람들을 친절하게 대하는 정복자를

여왕께선 보시게 될 것입니다.

클레오파트라 부디 시저께 말해주세요

저는 그분의 운명의 신하이며, 시저에게 그분이

취하신 위대함을 보낸다고요. 매 시간 저는

복종의 교훈을 배우고 있고, 기꺼이 그분을

직접 뵙겠습니다.

프로쿨레이어스 이를 보고하겠습니다, 여왕님.

편히 지내십시오, 이 상황을 만드신 시저께서

여왕의 어려운 입장을 애석하게 여기시는 걸로

알고 있습니다. 40

갤러스 이렇게 쉽게 여왕이 놀랄 수도 있다는 걸 자넨

볼 거야.

> 프로쿨레이어스와 두 명의 위병이 창문에 기대놓은
> 사다리를 타고 묘당으로 올라간다.
> 그리고 내려오면서 뒤에 클레오파트라가 온다.
> 위병들이 빗장을 빼고 문을 연다.
> 프로쿨레이어스와 위병에게

시저께서 오실 때까지 여왕을 보호해라.

> 퇴장

이라스 여왕님!

차미안 오, 클레오파트라시여! 붙잡히신 것입니다, 여왕님.

클레오파트라 빨리, 빨리, 손으로. 45

> 단검을 뺀다.

프로쿨레이어스 멈추십시오, 여왕님, 멈추세요.

> 붙들고 칼을 뺏는다.

스스로 그런 잘못된 일을 하지 마십시오.

보호하는 것이지 배신하는 것은 아닙니다.

클레오파트라 뭐라고, 죽는 것에 대해서도,

50 　　　　 우리의 개들도 고통에서 벗어나지 않느냐?

프로쿨레이어스 클레오파트라,

　　　　 스스로를 파괴해서 우리 주군의 자비로움을

　　　　 능욕하지 마십시오. 세상이 잘 실행되어지는

　　　　 그분의 고귀함을 보게 합시다, 여왕께서 돌아가시면

55 　　　　 그분의 고귀함이 드러나지 않지요.

클레오파트라 죽음아, 넌 어디에 있느냐?

　　　　 여기에 와라, 오거라! 오라, 와서 수많은 아기들과

　　　　 거지들에 그 가치가 맞먹는 여왕을 붙잡아 가라!

프로쿨레이어스 오, 진정하십시오, 여왕!

60 **클레오파트라** 난 고기를 먹지도 않고, 마시지도 않겠다,

　　　　 만약 무익한 이야기를 한 번 더 하자면,

　　　　 난 잠도 자지 않겠다. 난 네 몸을 망쳐 버리겠다,

　　　　 시저는 자기가 하고자 하는 것을 하라고 해라,

　　　　 나는 니네 주인의 법정에서 쇠사슬에 묶이는 것도,

65 　　　　 멍청한 옥타비아가 냉정한 눈길로 나를 비난하는 것도

　　　　 기다리지 않겠다. 그놈들이 나를 끌어올려 나를 나무라는

　　　　 로마의 소리치는 백성들에게 보여주겠지? 차라리

　　　　 이집트의 도랑이 내겐 좋은 무덤이 되겠어! 난 차라리

　　　　 나일강의 진흙 위에 누워서, 강의 해충들이 끔찍하게

나를 물어뜯게 하겠다. 난 차라리 내 나라의 높은

피라미드를 내 교수대로 만들어, 나를 쇠사슬에

매달게 하겠다!

프로쿨레이어스 여왕께선 시저에게서

근거를 찾을 수 있는 것보다 훨씬 더한

무서운 생각을 과장하고 있습니다.

돌라벨라 입장

돌라벨라 프로쿨레이어스,

그대의 주군을 위해 한 일을 시저께선 알고 있소,

그리고 당신을 호출하셨소. 여왕을 위해선,

내가 여왕을 내 보호 하에 둘 것이오.

프로쿨레이어스 그러시다면, 돌라벨라,

자네가 여왕을 부드럽게 대했으면 하네.

클레오파트라에게

제가 시저에게 여왕께서

원하시는 것을 말씀드리겠습니다.

만약 저를 시키신다면,

클레오파트라 내가 차라리 죽겠다고 전하시오.

프로쿨레이어스와 병사들 퇴장

돌라벨라 고귀하신 여왕님, 저에 대해선 들으셨습니까?

클레오파트라 모르겠군요.

돌라벨라 확실히 여왕께선 저를 아십니다.

클레오파트라 내가 들었든 알고 있든 간에 그건 상관이 없어요,
90   아이들이나 여자들이 꿈 이야기를 할 때, 당신들은
        웃습니다, 그게 당신들의 속임수가 아닙니까?

돌라벨라 무슨 말씀이신지, 여왕.

클레오파트라 난 황제 안토니께서 계셨던 꿈을 꾸었어요,
        오, 그런 잠을 다시 잘 수 있다면, 나는 그분과 같은
95   사람을 볼 수 있을 텐데!

돌라벨라 괜찮으시다면, . . .

클레오파트라 그분의 얼굴은 하늘과 같았고,
        거기에 해와 달이 박혀서 궤도를 돌며
        작고 둥근 지구를 비추었지.

100 **돌라벨라** 탁월하신 분이시여, . . .

클레오파트라 그분의 다리는 대양을 가로지르고, 그분의 들어 올린 팔은
        세상을 감싸 안았고, 그분의 목소리는 모든 천체의 소리와
        같았으며, 친구들에게도 그랬지요.
        그러나 그분이 천체를 놀라게 하고 뒤흔들어 놓고자 할 때는,
105   그분은 으르렁거리는 천둥과도 같았소.
        그분의 관대함으로 말하자면,
        거기엔 겨울이 없었어요.
        추수를 해서 더욱 풍요로워지는 가을이었지요.

그분이 즐거우실 땐

살고 있는 물 위로 등을 드러내 노니는 110

돌고래와 같았어. 왕관과 보석으로 치장한 옷을 입고,

왕국과 섬들은

그분의 주머니에서 떨어진 은화와 같았어.

돌라벨라 클레오파트라!

클레오파트라 그대는 내가 꿈꾸었던 이런 사람이 있었거나 혹은 115

있을 수 있다고 생각하오?

돌라벨라 아닙니다, 여왕님.

클레오파트라 신이 들을 수 있을 정도로 당신은 거짓을 말하고 있소.

만약 그런 분이 있을 수 있거나 있었더라도,

꿈꿀 수 있는 크기보다 더 큽니다. 자연은 상상력을 120

가지고 이상한 형태와 견주기 위해 뭔가를 필요로 하지만,

안토니는 상상에 반하는 자연의 걸작으로 상상의 그림자를

일소해 버리지.

돌라벨라 제 말을 들어보세요, 여왕님.

여왕님의 상실은 여왕님처럼 위중하고, 그리고 여왕님의 125

스스로의 중요함만큼 그것을 견디시는 겁니다.

저는 제가 추구하는 성공을 넘어서지 않길 원합니다,

그러나 여왕님의 비극을 통해 내 심장의 밑바닥을

찌르는 슬픔을 느낍니다.

클레오파트라 감사하오, 130

시저가 내게 무엇을 하려는지 아시오?

돌라벨라 저는 여왕님께서 알았으면 하는 것을 말씀드릴 수 없습니다.

클레오파트라 그건 안 되지, 그대에게 부탁하오, . . .

돌라벨라 시저께서 명예로우시기는 하지만, . . .

135 **클레오파트라** 그렇다면 그는 날 개선행렬에 세울 건가요?

돌라벨라 여왕님, 시저께선 그러실 겁니다, 제가 알기론.

나팔소리, 옥타비어스 시저, 갤러스, 프로쿨레이어스,
매시나스, 실러커스 등과 시종들 입장

모두 거기 길을 비켜라! 시저시다!

시저 누가 이집트의 여왕이냐?

돌라벨라 황제십니다, 여왕님.

클레오파트라가 무릎을 꿇는다.

140 **시저** 일어서시오, 그대는 무릎을 꿇지 않을 것이오.

제발 일어서시오, 일어서시오, 이집트.

클레오파트라 신들께서

이렇게 하라고 시키셨습니다, 저의 주인이자

군주에게 저는 복종해야 합니다.

145 **시저** 여왕께서 우리에게 입힌 피해들에 대해선

염려하지 마시오,

그 상처가 살 속에 새겨져 있다하더라도,

우리는 그 상처들을 우연히 생긴 것으로 기억할 것이오.

클레오파트라 세상의 유일한 지배자여,

제 스스로의 명분이 명백해지도록   150

그 명분을 주장할 수 없지만,

이전에 여성들에게 치욕을 주었던 유사한

약점을 감당할 수밖에 없었다는 것을 고백합니다.

시저 클레오파트라, 아시겠지만

우리는 강요하기보다는 설득을 할 것입니다.   155

만약 여왕께서 우리의 의도를 따라 주신다면,

여왕께 대한 우리의 의도는 너무나 관대합니다,

여왕은 이런 변화에서 이익을 보게 될 것이오,

하지만 여왕이 안토니의 길을 택해 내게 잔인하게

대한다면, 나의 좋은 기회를 스스로 박탈하는 것이고,   160

내가 막아 줄 파멸 속으로 당신의 아이들을

밀어 넣는 것이오,

만약 나를 믿으신다면, 난 이제 가겠소.

클레오파트라 이 온 세상을 통 털어, 세상이 시저의 것이 되게 하소서,

그리고 우리는 정복의 전리품이자 표식이 되어   165

그대가 좋아하는 장소에 걸리게 되겠지요.

여기 있습니다, 황제 각하.

시저 클레오파트라를 위해 할 수 있는 모든 일을 내게

알려주시오.

클레오파트라 이것은 제가 소유한 돈과 금화와 보석 목록입니다.

정확하게 가치를 매긴 것입니다,   170

소소한 것은 넣지 않았습니다. 실러커스는 어디 있소?

실러커스 여기 있습니다, 여왕님.

클레오파트라 이 사람이 내 재무관입니다. 이 사람이 책임을 지고
설명하게 하십시오, 내가 지닌 것은 아무것도 없습니다.

175 사실을 말하게, 실러커스.

실러커스 여왕님, 제가 위험을 감수하면서 사실이 아닌 것을 말하기
보다는 차라리 입을 다물겠습니다.

클레오파트라 내가 무엇을 뒤에 감추었단 말이냐?

실러커스 여왕께서 밝히신 것을 사실 수 있을 만큼 충분히.

180 **시저** 아니오, 부끄러워 마시오, 클레오파트라, 여왕의 행동에
깃든 그 현명함을 내가 인정하오.

클레오파트라 보십시오, 시저! 오, 보세요,
헛된 것들이 어떻게 따르는지! 제 것은 이제 각하의 것입니다,
이 실러커스의 배은망덕은 나조차도 화나게 하는군요.

185 오, 노예 같은 놈, 돈을 주고 산 창녀보다 신뢰할 수 없어!
뭐냐, 가겠느냐? 내가 허락하니 넌 떠날 수 있어, 하지만
네놈이 날개가 있다고 하더라도, 내 눈에 띌 것이다,
노예 같은 놈, 영혼도 없는 악당, 개 같은 놈!
오, 끔찍이도 비천한 놈!

190 **시저** 선량한 여왕이여, 진정하시오.

클레오파트라 오, 시저, 이 무슨 고통스런 수치입니까,
시저께선 저를 방문하러 여기에 오셔서,
그렇게 미미한 사람에게 군주의 명예를 베푸시는데,

내 하인인 저놈은 자신의 질투를 더해서
내게 망신거리를 덮어씌우다니! 시저시여,   195
여자들의 사소한 물건들이나, 자그마한 장난감들,
그리고 새로운 친구들에게 인사할 품위 있는
물건들을 제가 보관했다고 말씀드립니다,
그리고 배려를 구하고자 리비아님과 옥타비아님을
위해 좀 더 고상한 선물들을 제가 챙겨두었다고   200
말씀드리오니,
제가 키운 한 놈이 그걸 밝혀야겠습니까?
신이시여! 그것은 제가 이미 몰락한
것보다 더 비열하게 저를 후려칩니다.

실러커스에게

제발, 나가라,   205
그렇지 않으면 내 운명의 잿더미를 뚫고 내 영혼의
타다 남은 숯덩이를 네놈께 보여 주겠다.
네놈이 진짜 남자라면,
네놈은 내게 동정심이라도 있어야 하는 것이다.
시저 물러가 있어라, 실러커스.   210

실러커스 퇴장

클레오파트라 우리같이 위대한 인물들은 다른 사람들이 다 하는

일 때문에 잘못 오해를 받는다는 건 알려져 있죠,

그리고 우리가 몰락할 때, 다른 사람들이 저지른 일에

대해서도 책임을 지죠, 그러니 동정을 받아 마땅하죠.

215 **시저**   클레오파트라,

당신이 보관해 놓은 것이나, 인정한 물품들은

정복의 전리품에 포함시키지 않겠소.

여전히 당신의 것이오,

그 물건들은 당신 좋을 대로 하시오.

220   시저는 장사치들이 파는 물건들에 대해 당신과 거래하는

장사꾼이 아니라는 걸 믿으시오.

그러니 기운을 내시오,

당신의 생각을 스스로의 감옥에 가두지 마시오,

자, 여왕, 우리는 여왕이 대접받기를 원하는 방식으로

225   당신을 대하려고 하기 때문이오.

먹고, 잠을 좀 주무시오.

여왕께 우리의 보살핌과 동정이 넘치도록 하겠으니,

우린 여전히 친구인 것이오, 그러니 잘 있으시오.

클레오파트라   나의 주인이자 주군이여!

그러지 마시오, 안녕히.

나팔소리. 시저와 그의 시종들 퇴장

230 **클레오파트라**   얘들아, 시저는 내게 말을 늘어놓으면서, 내 자신에게

내가 고귀한 일을 해서는 안 된다고 설득하는구나.

하지만, 들어봐라, 차미안.

차미안에게 속삭인다.

이라스 마무리를 지으십시오, 여왕님, 밝은 날은 끝났고,

이제 우리는 어둠을 맞이하게 됩니다.

클레오파트라 이제 다시 가거라.   235

내가 이미 말해 두었다. 준비가 되었을 것이다,

가서 서두르라고 해라.

차미안 여왕님, 그러겠습니다.

돌라벨라 다시 입장

돌라벨라 여왕은 어디 계시오?

차미안 저길 보세요.   240

퇴장

클레오파트라 돌라벨라!

돌라벨라 여왕님, 마마의 명에 따라 맹세한 바와 같이,

제 마음은 복종하는 것을 종교로 삼고 있습니다,

여왕님께 이 말씀을 드립니다. 시저께선 시리아를

통과해서 가실 의향이십니다. 삼 일 이내로 여왕님과   245

자녀분들을 앞서 보내실 것입니다.

이런 계획이 여왕께 최선이 되도록 하십시오. 저는

여왕께서 바라시는 바와 제가 약속했던 것을 수행했습니다.

클레오파트라 돌라벨라,

250 내가 그대에게 빚을 지겠군요.

돌라벨라 저는 여왕님의 하인입니다,

잘 계십시오, 여왕님, 저는 시저를 모셔야만 합니다.

클레오파트라 잘 가시오, 고맙소.

돌라벨라 퇴장

자, 이라스, 어떻게 생각하니?

255 너도 나처럼 이집트 인형처럼 로마에서

구경거리가 될 거다, 기름때 묻은 앞치마를 두르고,

자와 망치를 든 직공 노예들이 우리들을 구경거리가

되도록 들어 올릴 것이다. 냄새나는 추잡한 음식을

먹은 그놈들의 탁한 구취에 둘러싸여, 그놈들의 숨결을

260 들이킬 수밖에 없을 것이다.

이라스 신이여, 그렇게 되지 않게 하소서!

클레오파트라 아니야, 이건 정말 확실해, 이라스. 거만한 사령들이

창녀에게 그러는 것처럼 우리를 붙들려고 하고, 너절한

악사들은 곡조에 맞춰 우리를 노래할 것이다. 영리한

265 희극배우들은 즉흥적으로 우리를 극의 소재로 무대에

올려서 알렉산드리아의 주연을 공연하겠지, 안토니는

술에 취한 모양으로 등장할 것이고, 찢어진 목소리를

내는 소년이 클레오파트라 역할을 하는 것과

나의 위대함을 창녀의 자태로 나타낸 것을 보게 될 것이야.

이라스 오, 신들이시여! ²⁷⁰

클레오파트라 아니다, 그건 확실하다.

이라스 저는 절대로 그 꼴은 못 봅니다, 저의 손톱이

눈보다 강한 것이 확실하니까요.

클레오파트라 저런, 그것도 저놈들의 계획을 우롱하고,

아주 터무니없는 의도를 극복하는 방법이구나. ²⁷⁵

차미안 다시 입장

자, 차미안!

얘들아, 나를 여왕처럼 보이게 해다오. 가서

가장 좋은 옷을 가져 오너라. 난 안토니를 만나러

시드너스 강으로²⁹ 가야겠다. 어서 이라스, 가거라.

자, 멋진 차미안, 우린 진짜로 신속하게 해치우겠다. ²⁸⁰

그리고 네가 이 일을 완수하면, 최후의 순간까지

놀도록 해 주겠다. 왕관과 모든 걸 가져와라.

이 소란은 뭐냐?

이라스 퇴장. 안에서 소란스러운 소리. 위병 입장

위병 여왕님을 면전에서 뵙기를 고집하는

---

29. Cydnus: 소아시아 남동쪽에 있었던 강의 이름으로, 지금의 타르서스(Tarsus) 강의
고대 명칭.

촌뜨기가 있습니다.

그자가 여왕님께 무화과를 가지고 왔습니다.

클레오파트라 그자를 들게 하라.

위병 퇴장

그렇게 하찮은 도구로도

고귀한 일을 할 수 있다니! 그자는 내게 자유를 가져왔어.

내 결심은 확고하고,

내겐 여자 같은 두려움은 없어.

이제 머리부터 발끝까지 난 대리석처럼 굳건하다,

이제 모습을 바꾸는 달은 나의 별이 아니다.

위병 다시 입장, 바구니를 든 시골뜨기와 함께

위병 바로 이 자입니다.

클레오파트라 그 자를 두고, 가거라.

위병 퇴장

너는 고통을 주지 않고 죽이는 나일 강의 예쁜 뱀을

거기 가져왔느냐?

시골뜨기 예, 가지고 왔지요. 하지만 저는 마마께서 그놈을

만지길 바라는 사람이 되고 싶지 않습니다, 왜냐하면

이놈이 물면 끝이니까요, 그렇게 죽은 자들은 거의 아니

절대로 회복이 되지 않습지요.

클레오파트라 이렇게 물려 죽은 사람을 기억하고 있느냐?

시골뜨기 아주 많습지요. 남자들이나 여자들 역시. 그들 중
한 사람에 대해선 바로 어제 들었습지요. 아주 정직한 여잔데,   305
하지만 때론 거짓말쟁이였습죠. 여자로서 그래선 안 되는데,
하지만 그게 정직한 방식이죠. 뱀에 물려서 어떻게 죽었는지,
어떤 고통을 느꼈는지, 그 여편네는 정말로 그 뱀에 대해
아주 멋지게 얘길 했습죠. 하지만 사람들이 하는 말을
모두 믿는 사람은, 아니 그 절반만 믿더라도 절대로   310
목숨을 건지지는 못할 겁니다. 하지만 이놈은 아주
틀림이 없습니다. 이놈은 아주 희한한 뱀입죠.

클레오파트라 물러가거라, 잘 가거라.

시골뜨기 뱀을 아주 즐기시길 바랍니다.

　　　　　　　그의 바구니를 내려놓는다.

클레오파트라 잘 가거라.   315

시골뜨기 이 뱀은 뱀들이 하는 짓을 한다는 것을
여왕님께선 반드시 염두에 두셔야 합니다.

클레오파트라 그래, 알겠다. 잘 가거라.

시골뜨기 자, 보십시오, 뱀이란 놈은 절대 믿을 수 없습니다.
뭘 아는 사람에게 맡기십시오, 사실 뱀에겐   320
자비라곤 없기 때문입죠.

클레오파트라 자넨 걱정하지 말게, 그 말을 염두에 두겠네.

시골뜨기 아주 좋습니다. 그놈에겐 아무것도 주지 마십시오,

　　　　먹일만한 가치가 없는 놈이기 때문이죠.

325　**클레오파트라** 이 뱀이 나를 먹을까?

시골뜨기 제가 어수룩하다고 생각하진 마십시오, 악마도 여자는

　　　　잡아먹질 않는다는 것쯤은 압니다. 여자가 신들을 위한

　　　　요리라는 건 알고 있습죠, 만약 악마가 여자처럼 옷을

　　　　입고 있지 않다면. 하지만 사실 창녀의 자식과 똑같은

330　　　악마들은 자신들의 여자들을 가지고 신들에게도 대단한

　　　　해악을 끼치죠, 신들이 만드는 여자들 열 명 중에,

　　　　악마들이 다섯은 망치죠.

클레오파트라 자, 이제 가거라, 잘 가라.

시골뜨기 예, 참으로 마마께서 그 뱀을 즐기시길 빕니다.

　　　　　　　　　　　퇴장
　　　　예복과 왕관 등을 가지고 이라스 다시 입장

335　**클레오파트라** 내게 예복을 주고, 왕관을 씌워다오, 내겐 죽지 않고

　　　　영원한 갈망이 있다. 이제 다시는 이집트 포도의

　　　　과즙이 이 입술을 적시지 못하겠지.

　　　　빨리, 빨리, 착한 이라스, 서둘러라, 안토니가

　　　　부르는 소리를 듣는 것 같구나, 나의 고귀한 행위를

340　　　칭찬하기 위해 그분이 몸을 일으키는 것을 본다.

　　　　그분이 시저의 행운을 비웃는 걸 듣는구나, 행운이란

　　　　신들이 나중에 그들의 분노에 대한 변명을 하기 위해

인간에게 주는 것이지. 남편이여, 내가 가오.

이제 용기가 그 이름에 걸맞게 내 지위를 증명해다오!

나는 불과 공기이며, 나의 다른 원소들은 미천한   345

인생들에게 양도하노라. 그래 다 되었느냐?

그러면 이리 와서 내 입술의 마지막 온기를 가져가거라.

잘 있어라, 착한 차미안, 이라스, 잘 있어라.

> 시녀들과 키스를 한다. 이라스 쓰러져서 죽는다.

내 입술에 독사가 있냐? 쓰러졌느냐?

만약 노와 자연이 그렇게 부드럽게 헤어질 수 있다면,   350

죽음의 일격은 연인들의 꼬집음과 같겠구나,

그건 아프기도 하고 바라는 것이기도 하지.

넌 고요히 누워 있느냐? 만약 이처럼 네가 사라진다면,

넌 세상에게 작별인사를 말할 가치도 없다는 걸 말해주는구나.   355

차미안 녹아버려라, 두꺼운 구름아, 비를 내려라, 그래서

신들조차도 흐느끼고 있다고 말할 수 있게!

클레오파트라 이건 내가 비천하다는 걸 증명하고 있어.

만약 이라스가 곱슬머리를 한 안토니를 먼저 만난다면,

그분은 이라스에게 물으면서, 내가 가진 천국인   360

키스를 할 것이야. 자, 너 치명적인 놈,

> 클레오파트라의 가슴에다 가져다 대는 독사에게

너의 날카로운 이빨로 단번에 삶의 매듭을 풀어버려라.

가엾은 독을 가진 바보야 화를 내어라, 그리고 죽여라.

오, 네놈이 말을 할 수만 있다면, 네가 위대한 시저를

365   속아 넘어간 멍청이라고 부르는 걸 내가 들을 수 있을 텐데!

차미안 오, 동녘의 별이여!

클레오파트라 조용히, 조용히!

유모가 잠들도록 젖을 빨고 있는,

내 가슴에 있는 이 귀여운 것이 보이지 않느냐?

370 **차미안** 오, 터져라! 오, 부서져버려라!

클레오파트라 연고처럼 달콤하고, 공기처럼 부드럽고, 온화하기로는, . . .

오 안토니! . . . 아니지, 이놈도 갖다 대야지.

다른 독사를 자신의 팔에다 가져다 댄다.

내가 무엇 때문에 머물러야 하겠나 . . .

죽는다.

차미안 이 더러운 세상에서? 그렇다면 안녕히 가세요.

375   이제 죽음아 뽐내어라, 넌 비교할 수 없는 여성분을

가졌으니까. 포근한 창문은, 닫아라,

그리고 그처럼 고귀한 눈이 황금빛 포에버스를

다시 보지 못할 것이니! 여왕님의 왕관은 찌그러졌군요.

제가 고칠 것입니다, 그런 후 본분을 다하겠습니다.

위병 입장, 뛰어 들어온다.

위병 1 여왕님은 어디 계시오? 380

차미안 조용히 말하세요, 여왕님을 깨우지 마세요.

위병 1 시저께서 보내셨습니다. . .

차미안 사신이 너무 늦었군요.

독사를 갖다 댄다.

오, 빨리 와서, 해치워다오! 난 이제 조금 네가 느껴지는구나.

위병 1 이리 와, 여보게들! 모든 게 좋지가 않아. 시저께서 속으셨어. 385

위병 2 시저께서 보낸 돌라벨라께서 계시네, 그분을 부르시오.

위병 1 무슨 일이오, 여기! 차미안, 이게 잘한 짓이오?

차미안 잘 끝났어요, 그렇게 많은 왕가의 왕들로부터 계보를 이어받은

왕녀에게는 어울리지요.

아, 병사! 390

죽는다.
돌라벨라 다시 입장

돌라벨라 어떻게 일이 돌아가고 있어?

위병 2 모두 죽었습니다.

돌라벨라 시저시여, 각하의 염려가 이렇게

그들의 결말에 나타났군요. 각하께서 직접 오셔서

각하께서 방지하고자 했던 자행된 그 끔찍한 행위를 395

보시게 되었군요.

안에서 "비켜라, 시저를 위해 길을 터라!"
시저와 그의 모든 시종들이 행군하며 다시 입장

돌라벨라 오, 각하, 각하께선 너무나 훌륭하신 예언자십니다,

각하께서 염려했던 일이 일어났습니다.

시저 결말에 용감했구나,

400 여왕은 우리가 목적한 바에 대항했고, 자신의 길을 택해서

왕족답게 되었구나.

어떻게 죽었느냐?

그들이 피를 흘리는 것을 보지 못하겠구나.

돌라벨라 누가 그들과 함께 있었던 마지막 사람이냐?

405 **위병 1** 덜떨어진 촌뜨기였었는데, 그놈이 여왕에게 무화과를

가져왔습니다. 이것이 그놈의 바구니입니다.

시저 그렇다면, 독약을 먹었구나.

위병 1 오, 시저,

차미안은 한 순간 전까지 살아있었습니다, 그 여자가

410 서서 말했습니다.

그 여자가 죽은 여왕의 시체 위에서 왕관을 고치는 것을

제가 발견했습니다. 그리고 갑자기 쓰러졌습니다.

시저 오, 고귀한 결함이구나!

만약 그들이 독약을 삼켰다면, 외부가 부어오르는 것으로

415 나타나야 할 것인데,

여왕은 자고 있는 것처럼 보이는구나, 마치 강력한 우아함으로

다른 안토니를 사로잡으려는 것처럼.

돌라벨라 여기, 여왕의 가슴에,

혈흔이 있고 뭔가에 물렸습니다.

비슷한 흔적이 팔에도 있습니다.   420

위병 이것은 독사의 흔적입니다. 그리고 이 무화과 잎에는

점액이 있습니다, 독사들이 나일 강의 동굴에다 흔적을

남기는 방식으로.

시저 그런 방식으로 여왕이 죽었다는 것이 가장

그럴듯하구나, 여왕의 의사가 여왕이 쉽게 죽는   425

많은 방법을 연구했다고 내게 말했소.

여왕의 침대를 들어 올리고, 묘당에서 시녀들을

운반해 내어라. 여왕은 안토니 옆에다 묻힐 것이다.

지구상의 어떤 무덤도 그렇게 유명한 한 쌍을

묻고 있지 않을 거다. 이와 같은 대단한 사건은   430

이렇게 만든 사람들의 심금을 울리고,

그들의 이야기는 그들에게 조의를 표하게 하는 영광에

못지않은 동정심을 불러일으킨다.

우리의 군대는 엄숙하게 이 장례식에 참석할 것이다,

그런 후 로마로 간다. 자, 돌라벨라,   435

이 대단한 장례식에서 의식진행을 관장해라.

퇴장

작품 설명

1. 텍스트

『안토니와 클레오파트라』가 1606년 혹은 1607년에 집필되었다는 것이 학자들 사이에서 가장 대중적인 설득력을 얻고 있는 주장이다. 1608년 5월에 출판등록이 된 것으로 미루어볼 때 그 직전 해에 집필이 완료되었다고 보는 것이 타당하다. 그러나 실제 이절판(folio) 인쇄는 셰익스피어 사후인 1623년에야 이루어졌다. 현재 우리가 사용하는 텍스트는 이 1623년 이절판 인쇄본을 기준으로 하고 있는 것이 가장 일반적이다.

현재 우리가 사용하는 텍스트는 5막으로 이루어져 있지만, 셰익스피어가 집필한 최초 원본은 일반적으로 막과 장의 구분을 포함하고 있지 않다. 셰익스피어는 『안토니와 클레오파트라』를 40개의 독립된 장으로 나누었을 뿐이라고 알려져 있으며, 후일 공연을 위한 편리나 출판과정에서 5막을 중심으로 그 아래로 여러 장으로 나누어져 인쇄되었다.

『안토니와 클레오파트라』의 내용 자체는 셰익스피어 이전에 이미 잘 알려진 역사적 내용에서 차용되었다. 셰익스피어 당시에 이미 마크 안토니의 생애에 대한 내용은 번역되어 소개되어 있었다. 1579년 토마스 노스(Thomas North)가 『고결한 그리스인과 로마인들의 생애에 대한 비교』(*Lives of the Noble Grecians and Romans Compared Together*)를 출판하면서 그의 책에서 마크 안토니와 옥타비우스 황제에 대한 내용을 수록해 소개했다. 따라서 셰익스피어가 『안토니와 클레오파트라』를 무대에 올린 시점에 이미 대중들은 이 작품의 내용에 대해 대체적으로 잘 인지하고 있었다고 짐작할 수 있다.

셰익스피어는 작품을 좀 더 흥미롭게 만들기 위해서 안토니의 이집트에서의 생활과 클레오파트라를 좀 더 당시 사람들의 상상력을 자극하는 모습으로 만들어서 작품에 포함시켰다. 셰익스피어가 상업극단을 이한 상업 작가라는 점을 고려할 때 그의 상상력은 대중이 원하는 경향을 존중하면서 이국적인 클레오파트라의 일탈과 치명적인 매력을 안토니의 영웅적 성격과 절묘하게 발전시켰던 것이다.

2. 비평 동향

클레오파트라에 대한 전통적인 서구의 시각은 대단히 정형화된 것으로 드러난다. 서구의 문화적 도덕적 가치에 반하는 인물이면서 서구가 경계하는 치명적인 매력을 지닌 위험한 마녀의 모습으로 종종 형상화 되었다. 서구중심적 글 읽기에서 클레오파트라는 빛과 어둠에서 어둠에 속해 있어서 건강한 안토니를 파멸로 이끄는 "악" 혹은 "마녀"의 존재로 인식되었으므로 그녀에 대한 서구의 문학적 비평은 표면적이거나 안토니의 파멸을 설명하는 배경으로 이해되었다.

포스트모더니즘 비평기에 접어들면서 클레오파트라에 대한 문학적 접근 방식도 다양한 경로를 취하게 되었다. 과거 안토니의 파멸에 대한 배경으로 고정화 되었던 클레오파트라에 대한 성격적 분석은 클레오파트라나 혹은 비서구의 입장에서 작품을 바라보는 시도가 다양한 형태로 이루어졌다.

특히 신역사주의, 여성주의, 문화유물론이 현대 영문학 비평을 이끌었던 1990년대에 이르러『안토니와 클레오파트라』가 포함하고 있는 여성주의적, 문화적, 역사적, 인종적 내용들은 이전에는 다루지 않았던 다양한 연구를 자극했다. 서구가 동양을 바라보는 문화적 관점의 문제와 동양(비유럽) 여성에 대한 서구 남성 중심적 시각은 오늘날『안토니와 클레오파트라』를 이전과 다르게 해석하여 재현하는데 중심적인 비평적 관점이 되고 있다.

3. 공연사

『안토니와 클레오파트라』는 사랑, 배신, 이국적 매력 등을 모두 포함하고 있어서 셰익스피어 사후에도 지속적으로 개작되거나 다양한 예술장르에서 채택되었다. 왕정복고기에는 찰스 2세의 취향에 맞추어 존 드라이든이 영웅 비극(Heroic Tragedy)으로 개작하여『모든 것을 사랑을 위하여』(All for Love)라는 제목으로 공연했다. 이후 단순한 볼거리 위주의 공연에서 낯선 문화적 비평을 담은 공연에 이르기까지 다양한 내용과 비평적 관점을 담은 작품들이 소개되었다. 특히 작품이 가진 웅장한 볼거리와 역사적으로 매력적인 등장인물들로 인해 1947년엔 브로드웨이에서도 공연되었다.

『안토니와 클레오파트라』가 가진 풍부한 매력은 할리우드에서도 간과할 수 없었다. 1963년 당시 가장 인기가 있었던 엘리자베스 테일러와 리차드 버튼이 주연을 맡아 영화로 만들어졌으며, 이 영화는 우리나라에도 수입되어 상영되었다. 1966년에는 오페라로도 공연되었는데, 사뮤엘 바버가 이 작품을 오페라로 만들어 공연하기도 했다.

셰익스피어 생애 및 작품 연보

셰익스피어의 생애와 작품의 집필연대 중 일부는 비교적 정확히 기록되어 있는 자료에 의존할 수 있지만, 대부분은 막연한 자료와 기록의 부족으로 그 시기를 추정할 수밖에 없으며, 특히 작품 연보의 경우 학자들에 따라 순서나 시기에 차이가 있음을 밝힌다.

1564   잉글랜드 중부 소읍 스트랫포드 어폰 에이번Stratford-upon-Avon 출생(4월 23일). 가죽 가공과 장갑 제조업 등 상공업에 종사하면서 마을 유지가 되어 1568년에는 읍장에 해당하는 직high bailiff을 지낸 경력이 있는 존 셰익스피어와, 인근 마을의 부농 출신으로 어느 정도 재산을 상속받은 메리 아든Mary Arden 사이에서 셋째로 출생. 유복한 가정의 아들로 유년시절을 보냄.

1571   마을의 문법학교Grammar School에 입학했을 것으로 추정.

1578   문법학교를 졸업했을 것으로 추정. 졸업 무렵 부친 존은 세금도 내지 못하고 집을 담보로 40파운드 빚을 냄.

1579   부친 존이 아내가 상속받은 소유지와 집을 팔 정도로 가세가 갑자기 어려워짐.

1582   18세에 부농 집안의 딸로 8년 연상인 26세의 앤 해서웨이 Anne Hathaway와 결혼(11월 27일 결혼 허가 기록).

1583   결혼 후 6개월 만에 맏딸 수잔나Susanna 탄생(5월 26일 세례 기록).

1585   아들 햄넷Hamnet과 딸 쥬디스Judith(이란성 쌍둥이) 탄생(2월 2일 세례 기록).

1585~1592	'행방불명 기간'lost years으로 알려진 8년간의 행방에 관한 자료가 거의 없음. 학교 선생, 변호사, 군인 혹은 선원이 되었을 것으로 다양하게 추측. 대체로 쌍둥이 출생 이후 어떤 시점(1587년)에 식구들을 두고 런던으로 상경하여 극단에 참여, 지방과 런던에서 배우이자 극작가로서 경험을 쌓았을 것으로 추측.
1590~1594	1기(습작기): 주로 사극과 희극 집필.
1590~1591	초기 희극 『베로나의 두 신사』(*The Two Gentlemen of Verona*) 『말괄량이 길들이기』(*The Taming of the Shrew*)
1591	『헨리 6세 2부』(*Henry VI*, Part II)(공저 가능성) 『헨리 6세 3부』(*Henry VI*, Part III)(공저 가능성)
1592	『헨리 6세 1부』(*Henry VI*, Part I)(토머스 내쉬Thomas Nashe 와 공저 추정) 『타이터스 앤드러니커스』(*Titus Andronicus*)(조지 필George Peele과 공동 집필/개작 추정)
1592~1593	『리처드 3세』(*Richard III*)
1592~1594	봄까지 흑사병 때문에 런던의 극장들이 폐쇄됨.
1593	「비너스와 아도니스」(*Venus and Adonis*)(시집)
1594	「루크리스의 강간」(*The Rape of Lucrece*)(시집) 두 시집 모두 자신이 직접 인쇄 작업을 담당했던 것으로 추정되며, 사우샘프턴 백작The third Earl of Southampton에게 헌사하는 형식. 챔벌린 극단Lord Chamberlain's Men의 배우 및 극작가, 주주로 활동.
1593~1603 및 이후	『소네트』(*Sonnets*)

1594	『실수 연발』(*The Comedy of Errors*)
1594~1595	『사랑의 헛수고』(*Love's Labour's Lost*)
1595~1600	2기(성장기): 낭만희극, 희극, 사극, 로마극 등 다양한 장르 집필.
1595~1596	『로미오와 줄리엣』(*Romeo and Juliet*)
	『리처드 2세』(*Richard II*)
	『한여름 밤의 꿈』(*A Midsummer Night's Dream*)
	『존 왕』(*King John*)
1596	아들 햄넷 사망(11세, 8월 11일 매장).
	부친의 가족 문장 사용 신청을 주도하여 허락됨(10월 20일).
1596~1597	『베니스의 상인』(*The Merchant of Venice*)
	『헨리 4세 1부』(*Henry IV, Part I*)
	스트랫포드에 뉴 플레이스 저택Great House of New Place 구입 (마을에서 두 번째로 큰 저택으로 런던 생활 후 은퇴해서 죽 을 때까지 그곳에 기거).
1598	벤 존슨Ben Jonson의 희곡 무대에 출연.
1598~1599	『헨리 4세 2부』(*Henry IV, Part II*)
	『헛소동』(*Much Ado About Nothing*)
	『헨리 5세』(*Henry V*)
1599	시어터 극장The Theatre에서 공연하던 셰익스피어의 극단이 땅 주인의 임대계약 연장을 거부하자 '극장'을 분해하여 템즈강 남쪽 뱅크사이드 구역으로 옮겨 글로브 극장The Globe을 짓고 이곳에서 공연. 지분을 투자하여 극장 공동 경영자가 됨.
1599~1600	『줄리어스 시저』(*Julius Caesar*)
	『좋으실 대로』(*As You Like It*)

1601~1608 3기(원숙기): 주로 4대 비극작품이 집필, 공연된 인생의 절정기

1600~1601 『햄릿』(*Hamlet*)

『윈저의 즐거운 아낙네들』(*The Merry Wives of Windsor*)

『십이야』(*Twelfth Night*)

1601 「불사조와 거북」(*The Phoenix and the Turtle*)(시집)

아버지 존 사망(9월 8일 장례).

1601~1602 『트로일러스와 크레시다』(*Troilus and Cressida*)

1603 엘리자베스 여왕 사망(3월 24일). 추밀원이 스코틀랜드의 제임스 6세를 잉글랜드의 제임스 1세로 선포.

제임스 1세 런던 도착(5월 7일) 후 셰익스피어 극단 명칭이 챔벌린 경의 극단에서 국왕의 후원을 받는 국왕 극단King's Men으로 격상되는 영예(5월 19일).

제임스 1세 즉위(7월 25일).

1603~1604 『자에는 자로』(*Measure for Measure*)

『오셀로』(*Othello*)

1605 『끝이 좋으면 모두 좋다』(*All's Well That Ends Well*)

『아테네의 타이먼』(*Timon of Athens*)(토머스 미들턴Thomas Middleton과 공동작업)

1605~1606 『리어 왕』(*King Lear*)

1606 『맥베스』(*Macbeth*)

『안토니와 클레오파트라』(*Antony and Cleopatra*)

1607 딸 수잔나, 성공적인 내과의사인 존 홀John Hall과 결혼(6월 5일).

1607~1608 『페리클레스』(*Pericles*)(조지 윌킨스George Wilkins와 공동작업)

『코리올레이너스』(*Coriolanus*)

1608~1613	제4기: 일련의 희비극 집필.
1608	셰익스피어 극장이 실내 극장인 블랙프라이어스Blackfriars 극장을 동료배우들과 함께 합자하여 임대함(8월 9일).
	어머니 메리 사망(9월 9일 장례).
1609	셰익스피어 극장이 블랙프라이어스 극장 흡수, 글로브 극장과 함께 두 개의 극장 소유.
1609~1610	『심벌린』(Cymbeline)
1610~1611	『겨울 이야기』(The Winter's Tale)
	『태풍』(The Tempest)
1611	고향 스트랫포드로 돌아가 은퇴 추정.
1613	『헨리 8세』(Henry VIII)(존 플레처John Fletcher와 공동작업설)
	『헨리 8세』 공연 도중 글로브 극장 화재로 전소됨(6월 29일).
1613~1614	『두 사촌 귀족』(The Two Noble Kinsmen)(존 플레처와 공동작업)
1614~1616	말년: 주로 고향 스트랫포드의 뉴 플레이스 저택에서 행복하고 평온한 삶 영위.
1616	둘째 딸 쥬디스, 포도주 상인 토마스 퀴니Thomas Quiney와 결혼(2월 10일).
	쥬디스의 상속분을 퀴니가 장악하지 않도록 유언장 수정(3월 25일).
	스트랫포드에서 사망(4월 23일. 성 삼위일체 교회 내에 안장).
1623	『페리클레스』를 제외한 36편의 극작품들이 글로브 극장 시절 동료 배우 존 헤밍John Heminge과 헨리 콘델Henry Condell이 편집한 전집 초판인 제1이절판으로 출판됨.
	아내 앤 해서웨이 사망(8월 6일).

옮긴이 **송원문**
부산대학교 영어영문학과 졸업
University of Alabama 석사
University of Wisconsin-Madison 박사

새한영어영문학회 부회장, 한국세익스피어학회 연구이사
현재 신라대학교 영어과 학과장

논문「16세기 영국 유대인에 대한 문화담론과 크리스토퍼 말로우의 극적 재현:『몰타의 유대인』」,
「르네상스 연극의 유대인에 대한 극적 재현 양상과 역사적 배경: 바라바스와 샤일록」,「베
니스의 도망친 두 딸들의 같음과 차이: 제시카와 데스데모나」,「케이트는 왜 길들여졌을
까?:『말괄량이 길들이기』에 반영된 여성육체의 통제를 위한 영국 초기 현대의 성적 담론
과 의학」외 다수
역서『여성주의 연극이론과 공연』,『아테네의 타이먼』
저서『영어, 결국엔 작문이다 2 실용편』,『영미문학개관』,『문학, 영화, 비평이론』외 다수

안토니와 클레오파트라

초판 1쇄 발행일 2016년 9월 20일

옮긴이 송원문
발행인 이성모
발행처 도서출판 동인
주 소 서울시 종로구 혜화로 3길 5 118호
등 록 제1-1599호
TEL (02) 765-7145 / FAX (02) 765-7165
E-mail dongin60@chol.com
I S B N 978-89-5506-727-9
정 가 12,000원